KB074013

그 사람 이름은 잊었지만

한 호 철

지식과교양

시작하면서

　사람은 누구든지 누구에게든지 해주고 싶은 말이 있습니다. 저도 해주고 싶은 말이 많아서 말해봤습니다. 그러나 누구에게든지 해줄 수는 없었습니다. 제가 죽기 전에 만나고 싶은 사람, 말을 해주고 싶은 사람을 전부 만날 수도 없습니다. 그래서 글을 빌려왔습니다.

　많고 많은 한국의 의료계 지성들은 왜 허준의 『동의보감』을 맹신하는가 의문이 듭니다. 몰라서 동의보감을 찾아본다는 주장이 아니라, 허준 혼자 지은 책인데 기라성들이 힘을 합쳐 더 좋은 보감을 만들어내지 않겠느냐는 건의입니다.

　비로소 말을 엮어야 한다는 순간이 되었습니다. 그래서 먼 훗날까지 명목으로 남아 있다가 만나거든 전달해달라고 부탁하는 참입니다.

숱한 책의 저자, 노인과 장년의 기대감, 저명한 저술자, 첫 딸을 보내는 심정으로 저자 대열에 선 작가도 있습니다. 그 저자가 직접 만나 이야기하는 사람 뿐만은 아닙니다. 독자 는 나름대로 다수 읽은 사람 축에 든다고 인정합니다. 비록 글로나마 만났다면, 전달하는 목적을 이뤄 공감한다는 시간 이었습니다.

예전부터 나이가 많은 노인들은, '요즘 젊은 애들이 이상 하게 변하고 있다'는 말씀을 하셨답니다. 이것은 쉼 없이 진 화하고, 변화를 지나 계속 개척한다는 증거입니다.

제가 배웠던 한글 바탕위에 한국인의 삶과 한국인의 성 품, 한국이라는 환경을 지나왔습니다. 그 과정에서 변화 중 이라는 현 주소를 깨달았습니다. 저는 아직 이름도 얼굴도 모르는 독자 분들께 전달해드리고 싶습니다.

모든 작자도 말을 가려 쓴다고 하지요. 좋은 말을 골라 썼 다고 해도 잘 썼다고 할 수만은 없습니다. 유치원에서 먹는 맛을 정답으로 단정할 수는 있어도, 익은 삶이 오미자를 먹 다가 기울면 구기자를 첨가한 후 평가하는 수준과 다릅니 다. 병을 주고 약을 준다면 자연스럽게 세뇌당하는 구구단 차원인가 합니다. 마치 공자 왈! 맹자 왈! 처럼…

이번에는 숨겨둔 말을 끌어내고 1인칭으로 적었습니다. 답은 정해졌지만 결론은 독자 의견에 맡겼으며, 문제의식을 공유하려고 의문형과 청유형을 도입하였습니다. 객관식이 아니라 성인 지성이 평가하는 주관식이어서 그런 것입니다.

많이 듣는 단어 중 '탈탈 털어내고 좋은 분위기를 만들자' 하는 말이 있습니다. 줄이면 탈탈무드입니다. 면면이 이어온 한국인은 국가를 선양하고 국민을 앞세우자는 말입니다.

탈탈무드 화이팅!

글로벌 시대에 우리를 무시하고 외면하면 어떻게 버티겠습니까. 상대국에 아첨하며 굴종하면 나라가 없어지고 예속당합니다. 자긍심을 드높이고, 없으면 만들어서라도 지켜두자는 말입니다. 개인을 위해, 국가와 자국민을 위해…

감히 치사는 생략합니다.

2020.08.01
「책사랑작은도서관」에서

차례

1부

2부

3부

1부

5천 년 혼이 서린 땅

5천 년 혼이 서린 땅

우리나라는 작은 땅을 가진 나라다. 북으로는 대륙과 맞닿았으나 동과 남, 서쪽은 모두 바다와 접하고 있다. 이른바 3면이 바다로 둘러싸인 반도다. 주변 국가는 강대국으로 되어있어서, 역사상 많은 침략과 회유를 받아왔다. 그럼에도 굳건히 견뎌낸 국민이 지켜냈다.

작은 반도인데도 봄 여름 가을 겨울을 거치면서 추위와 더위를 당당하게 살아온 국민이 존재했고, 한반도는 아기자기스럽게 아름답고 고운 국토를 보존했다. 화이트크리스마스라는 단어를 떠올리며 직접 눈을 만날 수 있다는 것은 큰 행운이다. 풍년과 기근을 헤쳐 나왔고, 물이 풍성하고 바람이 필요할 때마다 불어오는 지형이다. 태풍과 지진이 발생하기도 하지만 그래도 판을 달리하여 견딜만한 땅이라고 믿는다.

고대부터 공룡이 살았던 흔적을 고스란히 간직한 귀중한 땅이고, 그 땅에서 정착한 국민이 살아있다. 채집과 사냥을 통해 살아가는 방법을 터득하여 발전하였다. 작은 영토였지만 그래도 있을 것은 다 있다. 맑은 공기와 깨끗한 바다를 가진 곳이기도 하다. 동해와 남해는 깨끗한 해수욕장으로 되어있고, 서해는 갯벌이 있어서 수산 동식물이 풍부하다. 요즘 유행하는 갯벌 머드 해수욕장이 주목받고 있다. 또한 바닷물을 이용하는 갯벌 천일염은 귀하고 귀중한 소금으로 천연미네랄이 풍부한 보고이다.

공룡이 서식하던 곳이 있어서 지금은 발자국과 알을 간직한 화석이 남아있다. 초식공룡과 육식공룡 등 다양한 종도 엿볼 수 있다. 매머드의 뼈를 발견함으로써 한반도에서 살았다는 것도 중요한 증거가 된다. 큰 동물이 살 수 있는 땅이었다는 것도 복된 터전이다. 고대의 부족장이 매장된 증거도 있다. 당시 간단하면서도 견고하게 만든 큰 바위로 된 고인돌이다. 대한민국의 최초 유적지로 여겨지는 고인돌군은 세계의 장례를 엿볼 수 있는 유물이다.

습지를 가지고 있어 땅과 물의 습성을 알 수 있다. 늪은 사람이 어떻게 살아야 할지를 추정하는 자연박물관에 준한다. 산 밑에 낮은 저지대가 형성되어 사람이 범접할 수 없으며,

미생물부터 수생 동물까지 공존하는 삶의 터전이기도 하다.

산도 그리 높지 않으면서 험준한 바위로 된 산이 있는가 하면 산골과 등성이를 흙으로 형성한 부드러운 산이 섞여 있다. 타국에서는 부드러운 흙산과 낮은 구릉으로 된 대한민국의 산수를 경이로 여긴다. 인구밀도가 높은 우리는 좁은 국토를 효율적으로 활용하는 경연장이다.

국토의 형세를 닮은 지형도 현존하고 있다. 강줄기의 흐름이 기묘하게 만들어낸 지형인데, 사람이 강의 흐름을 조작하지 않고 발생되었다는 것이 바로 대한민국이 존재해야 하는 필연성이다. 세상이 멸망하기 전에 대한민국은 영원하리라.

대물림

흔히 들어온 대물림은 호불호가 섞여있다. 타인이 보는 직업은 좋다는 직업으로 선호하고, 불호는 누가 봐도 좋지 않다는 뒷방처리용이 되었다.

호불호는 공존하는 것이 당연하다. 분명 양지가 있고 음지가 있는 것이 진리인 것처럼 또 다른 진리이기 때문이다. 내가 원해서 뒤를 이어왔다거나 원하지 않았으며, 처음부터 바라지 않았다 하더라도 이어왔다는 것도 대물림이다.

좋은 방향으로는 돈과 명예, 권력과 쾌락 등을 추구하는 것이고, 좋지 않은 방향으로는 국가와 국민을 위해서 누군가가 참고 견뎌야 한다는 말이다.

의사, 변호사, 공무원, 경찰, 판사, 검사, 국회의원, 갑부 상속자와 기업가 등의 부류가 있고, 판소리 명인, 김치 명인,

죽제 명인, 옻칠 명인, 단청 명인, 자개장 명인, 화문석 명인, 석제 명인 등의 부류도 있다. 짧은 식견으로 말하면, 편하고 내가 하고 싶은 방향으로 살 수 있다는 것과, 힘든 현실을 아무리 참아냈어도 하고 싶은 방향을 이룰 수 없으며 대접조차 받지 못한다는 것으로 대별한다.

편리한 세상이라 손가락 하나 누르다가 아니 '시작'하라는 한 마디로 똑같은 제품을 그것도 수없이 만들어내는 기술도 있다. 하지만 우리의 문화는 다르다. 혹시 먼 후에, 생길 미래의 문화로 자리 잡을지도 모르겠다. 그러나 그런 세상에는 문화라는 단어를 사전에서도 찾아내는 보물찾기뿐일 것이다.

돌아보면 후자는 대를 이어 독립운동을 하기가 그렇다는 뜻이다. 그러나 나는 그분들의 덕분으로 지금 살아온 수혜자(受惠者)라는 것이 분명하다. 새치기하거나 담을 넘어 온 파렴치들이 내가 베풀었다는 수혜자(授惠者)인 것처럼 위세를 떨치는 부류도 있다. 참으로 안타까운 현실이다.

역사는 승리자가 꾸민다는 말이 있다. 삼국시대부터 백제를 망할 수밖에 없는 나라였다고 조작 증거를 만들어내는 것이 그렇고, 고구려 역사는 아예 삭제하였다. 강점기를 누렸던 일본은 야금야금 말살시키려고 아부를 넘어 아첨 의식을 세뇌해 놓았다. 그 그늘을 벗어나지 못하는 족속들은 기회를 노리면서 다시 고개를 든다. 이것도 자기에게는 좋은 것 좋아한다는 호, 남에게는 절대로 불가능하다는 절대로 허용하지 못한다는 불호로 믿는 파렴치들이다.

세계에서 뿌리를 뽑아내자는 1차 전쟁과 2차 전쟁을 이끌어 온 인류의 적, 반성하고 뉘우치지 못한다면 사람 축에 끼어줘도 안 된다. 사람이 사람답게 사는 것이 인류다. 우리가 우리나라를 지키고 이어간다면 그에 맞는 고통과 희생이 따른다. 만약 행운과 행복만을 기다린다면 내가 원하는 나라는 없어진다. 이것이 바로 대물림에 상응하는 대가를 치러야 한다는 말이다.

발렌타인데이에 먹는 그 맛

입춘이 지나 낮 기온이 18℃, 포근한 느낌이 드는 날이다. 그래서인지 먹는 맛은 입에 달콤하기는 물론 마음도 녹여내는 그 맛이다. 그런 초콜릿 맛이 발렌타인데이 맛이 아니라는 것도 다 안다. 더 확대시키면서 '초콜릿을 먹는 풍습'으로 번져왔다.

나에게는 2월 14일 금요일이 모임 날뿐! 코로나19가 극성을 부리니 달갑지 않았다. 그러자 간단한 점심으로 결정되었고 펄펄 끓는 곰탕으로 낙점하였다. 나는 초콜릿을 준비할까 고민하다가 곶감으로 정했으나 막상 시간에 대느라 잊고 말았다.

300년 경, 로마제국 클라우디우스 2세 황제가 강한 군대를 유지하기 위하여 금혼령을 내렸다. 그 와중에 죽고 못 산다는 연인이 나타나자 발렌티누스 주교가 혼배성사를 집전하였고, 눈이 뒤집혀진 제독은 2월 14일 주교를 권력으로 처형하였다.

496년. 교황 겔라시우스 1세는 발렌티누스가 독재에 거역하며 순교한 날을 기념일로 정했다. 세월이 흐른 1382년 영국 시인 제프리 초서가 성일을 연인간의 사랑으로 대변하는 시를 지었고, 15세기에 이르러 순교라는 종교적 이미지가 사라졌으며, 단순한 연인 간의 사랑을 표시하는 종이카드에게 지위를 빼앗겼다. 19세기에는 초콜릿과 쿠키 등 달콤한 고백이 혀끝을 녹여냈다. 달콤은 입에 좋으나 먹으면 몸을 망친다는 명언만 남았다.

한국에서도 2월 14일에 순교한 사람도 있다. 어머니께서 낳으시고 길러주신 분이 계셨기 때문에 성인이 그 어머니에 그 아들이 있을 뿐이다. 의로운 사람, 우러러 존경하는 사람, 조마리아와 안중근이 떠오른다.

안중근은 근대법을 따라 1910년 3월 26일 중국의 뤼순감옥에서 집행되었지만 사형을 선고받은 날이 바로 2월 14일이었다. '살아남기를 희망하지 말라, 억울하다며 항소하지 말라'는 당부 아니 '국가와 국민에게 누를 끼치지 말라' 근엄한 명령이 있었다. 엄마는 눈에 넣어도 아프지 않을 아들, 독자생존하는 이립에 선 31살의 장남, 손가락 9개를 깨물다가 안타깝고 애처로운 자식을 놓아 보냈다. 어머니의 성품에 따라 단지(斷指)를 보여준 기개. 숭고한 모전자전이 길길이 이어지기를 바란다.

동방에서 1936년 일본의 제과업체를 살리자는 아이디어가 번득거렸다. 안중근 의사의 죽음과 기미독립운동을 묻어버리려고 첫맛을 업고 초콜릿으로 포장하는 기발한 상술, 세뇌기술의 극치를 펼쳤다.

초콜릿데이 맛은 먹기 좋았으나 파헤쳐보니 변질된 기피식품이었다. 발렌에 초콜릿이 편승하면 매국노의 '불가불가'이며, 초콜릿에 발렌을 차용한다면 애국자의 '불가이불가'다. 내가 선택한 것은 국산이었고 두고두고 우려낸 곰탕 맛이 바로 애국이었다.

그 사람 이름은 잊었지만

'~ 지금도 마로니에는 피고 있겠지~' 나는 성수감이 오를 때쯤 즐겨 불렀다. 노래를 잘 부르지는 못했지만 마음속으로는 달고 다녔었다.

마로니에 꽃을 만나고 싶었다. 지금도 꽃이 피고 있다니... 내가 보고 싶으면 언제든지 쉽게 만날 수 있다는 희망이 피어났을 것이다. 흥겨운 곡조가 아니라 그저 밋밋했지만 하고픈 말을 전해주고 싶었을 것이다. 모든 사람에게 호응을 받지 못했더라도 비슷한 동류에서는 무언의 후원자가 꿈꿨을 것이다.

지금 유행하는 '보릿고개'라는 노래가 있다. 보릿고개를 사전에 찾아보는 사라진 단어이지만 지금 유행하는 노랫말로 어떻게 버텨왔을까? 나에게는 마로니에와 보릿고개라는 단어가 번갈아 오버랩되었다.

마로니에는 높이 30m씩이나 크는 나무란다. 그러니 기둥은 직경 2m가 되어야 견디겠지. 밤빵처럼 냉큼 먹고 싶은 말밤. 말밤은 반 톨만 먹어도 현기증과 구토를 유발하는 독성을 껴안고 버텨낸 것이다.

아롱대는 마로니에는 마음을 달래주는 나무, 무지개를 타고 피어나는 꽃, 누가 누구를 잊었다는 노래인가? 입하부터 하지까지 누리는데 지금도 만나보는 꽃인가? 마로니에공원은 동숭동에 있다. 고대하던 그곳에 서면 좌회전해 오가는 길, 분초를 다투며 뛰어가는 (병원)길, 거기는 일본산 7엽수 판이다. 그 마로니에는 투박하고 날카로운 7엽이지만 뒷면은 솜털이 많아 비단처럼 부드럽고 우아하다는 사라자(紗羅子)라 불린다. 이중인격성 나무.

누가 몽매 그리던 사람을 어찌 잊었겠는가? 노랫말로 끝나는 일이 아니라 절대 잊어서는 안 된다는 속내, 누구도 박탈하지 못한다는 울분을 토로한 것이다. 가수가 삐쭉 크면서 화려한 음색과 기교를 부리지도 못했지만 잊은 사람과 지울 수 없는 사람도 보고 싶었을 게다. 싫으나 좋으나 예쁘나 미우나 나를 낳아주시고 가르치신 어머니, 내 나라 내 땅이다.

포도청을 앞세우고 보릿고개로 몰아붙이는 외통수를 막는 비상(砒霜)이 있다. 사즉생, 먹었다고 거짓말하면서 식솔만 먹이는 비상약(備常藥)이다. 자기는 몰래 숨어 먹던 비상약(費常藥)은 누구나 아는 외통수 해독약, 물뿐! 지금도 환생하여 나타나는 어머니. 함자는 잊었지만 도저히 잊힐 수 없는 이름이다.

유명한 대학이 동경을 숭배하라는 동숭동을 떠나 이사한 것은 다행이다. 그러나 뽑아내지 못한 나무는 부활한 세뇌용 잔재다. 가수가 부르고 싶은 이름은 현재형 마로니에가 아니라 벌써 잊혀진 과거형 나무다. 진정 마로니에로 부르고 싶은 나도밤나무과 6엽 혹은 8엽인 쌍엽수로 회복시키고 싶은 노래다.

삼일절에 생각난 단어

원래 「3·1절」이었다가 발음과 다시 쓰기도 어렵다며 한글화로 변했다. 올 삼일절은 우울한 날이었다. 최근 3개월여에 지쳐 소극적이면서 국력이 분산되는 현상을 우려해 내놓고 들추지도 못했다. 전국을 들쑤셔놓은 코로나19 바이러스는 중국에서 발생한 것으로 알려졌지만 그것은 극복하는 과정에 지나지 않다, 종국 마무리할 것이라는 발언도 나왔다. 매스컴을 보면 맞는 진행사항이었다.

일각에서는 중국인 입국을 막아야 한다는 강력 요청과 그것을 못 막은 대통령이 탄핵되어야한다는 주장도 일색이다. 그러다가 우울한 기분을 조장하는 당파의 본거지 대구와 경북에서, 한순간에 일파만파 확장되면서 바이러스 공포국으로 변해졌다. 당시 한국인 여행입국을 거부 또는 제한하는 나라가 91곳이란다. 깊이 따져보니 전염 매개가 밀집대형과 직접접촉 그리고 바이러스 성향을 몰랐다는 결론이다. 바로 비벼대는 소규모 공간댄스라든지 비밀집회를 포함하여 대규모 집회·대화가 주원인이었다. 이것이 재난초청장이었다.

지성은 성찰하여 236년 만에 모든 지파의 집회를 생략하는 결단을 내렸다. 일부는 예배를 우선 2주간 쉰다고도 하였다. 그럼에도 본인이 피해자라고 주장하면서 강행, 죽어도 강행이라는 극약처방을 내린 부류도 있다. 그들이 신천지다. 단어 그 자체에 대한 비평이 아니라 그 속에서 벌인 사람들의 행위에 대한 비평이다.

모든 국민들이 아는 신천지의 행동을 옹호하는 부류는 무엇인가? 불문가지, 동류다. 3·1절에 생각난 단어 중 하나가 731부대다. 전 국민에게 생중계하는 텔레비전에서 대답한 말은 '만주에 있었던 731부대요? 아마 독립운동부대겠지요!'

날고 긴다는 고등학교와 대학을 거쳐 서울대교수, 서울대 총장을 역임하고 국무총리를 지낸 사람이 한 말이다. 대한민국 사람으로서는 극과 극을 헷갈릴 수는 없다. 부대에게 부여하는 숫자는 갸우뚱도 있겠다. 그러나 부대는 숨기고 싶어서 숫자로만 표현되지만, 원래 임무는 마루타실험이었다. 좋게 말하면 생체실험 생화학균실험이었다.

왜, 731인가? 1932년 창설하다보니 3월1일을 경험한 독립만세의 치를 떨쳐내고 싶어서 럭키세븐을 더했을 것이다. 우리의 젊은 피 윤동주도 실험대상이었다. 그리고 실행하였다. 상황을 보면서 병주고 약주고, 강도를 높이며 새로운 병과 해독약을 만드는 목적이요 목표였다. 퍼트려놓고 자기만 해독약을 먹으면 끝난다는 계략이었다.

지금 바이러스는 어떨까? 어려울수록 단결하고 도우면서 협조하는 행동이 시급하다. 남을 탓하면서 재난극복추경을 반대하다가, 자기 텃밭 대구·경북에서 터지니 이제사 추경 심의하자고 덤빈다. 울적한 삼일절! 지하에 계신 독립투사가 통곡하실만하다. 한 맺힌 울분을 아직도 해결해드리지 못했으니 어찌하면 좋을고...

감사합니다 고맙습니다

우리나라는 근세 이후 많은 곡절이 있었다. 강점기의 수탈과 동족 간의 전쟁을 겪으면서 문화와 경제적으로 피폐화되었다. 이 시기를 벗어나면서 이제 살만하다는 생각을 했었다.

그러나 혼란을 수습하기도 전에 모든 제도와 문화가 새로차지하고 말았다. 아침에 만나면 지난 밤중에 어떤 고통과 고난을 극복하셨는가 궁금하여 '잘 주무셨습니까?' 이렇게 인사를 올렸다. 식사 시간이 되거나 지났으면 '진지 잡수셨습니까?' 하는 두 번째 인사말이 되었다.

그러나 따지고 보면 잘 주무시지 않으셨는데 어떻게 해결해드릴 수 있겠는가? 식사할 끼니가 없어서 굶었다면 어떻게 해결해드릴 수 있겠는가? 사실 해결할 능력이 없어도 그저 인사말에 충분하다. 이것을 해결할 능력이 없는 사람들끼리 공감하고 위로하며 안아주는 마음만으로 흡족하다. 특이한 인사말이다.

내가 무거운 짐을 처리하지 못하다가 남의 도움을 받을 때, 내가 고맙다 혹은 감사하다는 말을 해야 된다. 그리고 상대방은 '아니에요! 고마워하지 마세요' 혹은 '감사할 필요도 없어요' 정도로도 충분하다.

그런데 요즘에는 별다른 인사말도 등장하고 있다. 내가 '고맙습니다' 하려다 보니 상대방이 먼저 나에게 '고맙습니다' 하고 말을 걸어왔다. 이런 때 나는 어떻게 대답하는 것이 합당한지 난감하다. 식당에서 음식을 제공하고 비용과 대금을 받아야할 주인이 고객에게 고맙습니다, 감사합니다 하면 합당한가? 미용실에서 서비스를 받아야할 고객이 아무런 말이 없어도 제공자가 수고하셨습니다 하면 맞는가? 아니면 수고비를 받아야 할 사람이 바로 당신인데, 그래서 내가 고맙다고 감사하다고 하는 사람이 맞는가? 의사가 외래 환자와 면담을 한 후 돌아가는 환자에게 '수고하셨습니다' 하면 정당한가? 아니면 환자인 나에게 성심껏 진료를 해주어 고맙다 감사하다고 하는 말이 맞는가?

옳고 그르다가 문제가 아니라, 누구든지 먼저 인사하면 좋겠다고 여긴다. 그래서 내가 먼저 인사하는 기본 도리인데,

욕하거나 탓하지 않으면 바로 내가 먼저 위로와 격려성 인사말로 해석된다. 돈을 주고받으면 다 해결된다고 믿어도 되는가?

요즘에는 아침밥을 먹기는 하였는가가 문제가 아니라, 언제든지 밥 먹고 살만할 처지라서, 다른 인사말이 필요해서 등장한 것이다. 좋은 것이 좋은 것이라는 말처럼, 칭찬하면 고래도 춤을 춘다는 말이 있다. 이것이 진심을 표시하는 아부의 힘이다.

아부는 폄하하거나 훼손시키면 안 된다. 아부는 합당하며, 먼저 손을 내밀어 주면 상생의 원동력이 되기도 한다. 아부는 보듬어주며 칭찬하는 동기부여가 되기도 한다. 나만 베푼 것이 아니라 나에게 돌아오는 도움도 확실하다.

건강과 멋을 갖춘 밥상

사람은 먹고 쉬면서 살아간다. 그럼 우리가 먹는 것은 무엇일까. 그것은 조상들로부터 이어온 고유의 밥이며 반찬이다. 서구는 육류와 감자가 주식이었지만 우리는 주로 식물성인 쌀밥과 김치로 유지되었다.

밥은 쌀로 짓는 먹거리지만 여기에 각종 부산물을 보태어 맛있는 밥을 만들어냈다. 영양도 치우쳤다고 생각되면 팥밥과 잡곡밥, 오곡밥을 만들어냈고, 부족하거나 별미가 필요하면 김치밥, 콩나물밥, 무밥, 고구마밥 등도 연구해냈다. 또한 죽을 통해 약용으로 병을 이겨내는 분야까지 개척했다.

그중에서 흰밥은 부드럽고 단맛이 나는 하얀 밥이라서 으뜸으로 친다. 단단한 쌀은 불에 익혀 먹는데, 상황에 따라 진밥, 된밥, 탄밥 등 3층밥으로 나뉜다. 적당한 습도에 뜨겁지 않고 차갑지 않으면서 고슬고슬한 밥은 단연 제 맛이다. 다른 반찬이 없어도 그저 뚝딱 먹을 수 있는 맨밥이다.

한국 사람들은 밥심으로 일을 한다고 믿었다. 그것은 밥을 먹고 힘을 내면 된다는 의미이다.

그러면 밥을 먹는 부재료는 무엇일까. 그것은 반찬을 의미하는데, 국을 기본으로 각종 반찬이 3첩상, 5첩상, 7첩상, 9첩상 등으로 차려졌다. 궁중에서는 12첩상까지 구성되었다. 5첩상이면 반찬을 5가지만 차린다는 뜻이 아니라 김치류, 젓갈류, 전, 나물, 장 등 5가지 종류의 반찬을 일부 중복할 수 있다는 다양한 반찬상에 속한다.

김치에서도 배추김치, 무김치, 물김치 등 다양하며 발효된 상태에 따라 맛이 다르다. 여기에 부속 재료의 성분을 따져 담그기도 한다. 젓갈도 새우를 발효시키면 새우젓이 되고, 멸치를 이용하면 멸치젓, 명태의 알을 이용하는 명란젓, 청란젓, 조기젓, 발효된 액체만 모은 액젓 등도 오른다.

장은 편리하도록 버무린 집장이 있고, 고추장, 된장, 간장, 초장 등 다양하다. 예로부터 방문한 집에 가서 밥을 먹을 때 그 집의 음식 솜씨는 장맛으로 결정한다는 말이 전한다. 장은 콩을 기본으로 만드는데 오랜 시간을 필요로 하는 발효 식품이라서 정성이 가름한다.

생선과 고기, 버섯 등을 불에 구워 만든 구이가 있다. 또

고기와 생선, 채소를 얇게 저민 상태에 밀가루를 묻히고 달걀을 적셔 기름에 지져낸 전도 오른다. 나물은 채소를 익히지 않은 생채와 불에 볶아서 무쳐낸 숙채로 크게 나누는 나물류다.

조림은 고기와 생선 등에 간을 하고 익힌 음식을 부르는 이름이다. 간을 하는 반찬용 소스는 대체로 간장으로 하는데, 짠맛은 먹는 입맛을 잃었을 때 긴요하다.

영양을 담은 간식용 한과와 각종 음료가 먹는 맛과 멋을 아는 전통음식으로 통한다. 우리 먹거리는 주로 식물성이라서 골고루 섭취할 수 있는 좋은 메뉴로 등극한다. 영양과 먹는 맛을 담은 밥상이다.

급하냐 중하냐 대수냐?

　사람이 살다보면 급한 일이 발생하기도 한다. 급하다는 것은 변화가 있다는 것이고 시간을 다투다가 자칫 큰 변화가 있을 수도 있다. 중하다는 것은 나에게는 중요하거나 돌이킬 수 없는 변화가 있을 수 있다는 뜻이다. 또한 대수라는 말은 남에 비해 나에게는 이미 벌어진 큰 변화로 읽힌다. 물론 급하고 중요한 일이 흔히 일어나는 경우도 흔히 접한다. 예를 들면 교통사고는 급변한 일이고 큰 변화가 발생했다는 일로 다반사다.

　그러나 모든 것을 나 주위로 읽었지만 다른 사람에게는 공감을 얻지 못하는 일로 전락하는 사례가 많다. 년 전에 판문점에서 발생한 북한 병사 귀순 건으로 급하고 중한 사고가 발생했다. 적군으로 가는 것이므로 정보가 빠져나갈 까봐 살려 보낼 수는 없다. 그래서 난사하는 총알을 맨몸으로 막다가 발생한 사고였다.

그러나 북한군 병사 사고는 우리에게는 절대로 급한 것도 아니고 중한 것도 아니다. 그러니 대수가 아니다. 전 국민이 느끼는 공통감각이었다. 그러나 그 병사를 살려보자고 치면 아주 급하고 중차대한 사건이었고, 국가의 치료 수준을 읽을 수 있는 기회라서 대수로 여겨도 충분했다.

그래서 아주대학교 부설병원의 이국종 교수가 주도하여 원만한 치료를 마쳤다. 5발의 총상을 입었고, 내장 파열은 7곳 정도라서 누가 봐도 큰 사고였다. 내 일은 내 일이고 너의 일은 너의 일이라고 해도 부정할 수는 없다.

하고 싶은 말은 비슷한 예이다. 아들이 최전방에서 근무할 때는 항상 긴장해야할 상황이었다. 철책을 담당하는 수색중대장으로 원하지 않는 사고가 났다. 당사자가 아들이 아니라서 급한 일은 아니었다고 본다. 병사가 근무 중에 밟은 것이 발목지뢰라면 반드시 발목이 부러져야 정상이고, 그러면 절단이 정답일 것이다.

병사가 당한 사고라면 당연히 보내져야할 지역관할 군병원을 마다하고, 서울에 있는 수도통합병원도 뒤로 제치고, 사제 병원을 택했다. 그것도 서울에서 가장 큰 병원, 시설이 좋은 병원, 유능한 전문의가 있는 병원을 고집하였다. 이것만 따져도 국방부에서는 군인에게 최대한 배려를 한 셈이다. 그러면 병사에 대한 의무감인 수색중대장의 무거운 마음을 덜어줄 것이다.

그러나 정작 가고 보니 발길을 돌려야 했다. 이유는 간단하다. 병원에서는 치료할 수 없다는 결정이었단다. 그렇게 급한 사고, 발을 절단해야할 중요한 사건인데 받지 않다니 정말 안타깝다. 치료할 실력이 없어서? 당연히 절단하니까? 동네 병원에서 하는 것이 좋다는 이유일까?

아니다. 병사도 알고 의사도 아는 사건이지만, 한 사람을 위해 많은 의료진이 매달릴 수 없다는 이유란다. 유능한 병원이면 차라리 많은 환자에게 기회를 주는 것이 인술이라는 말이었다. 결과로는 병사가 이국종을 만나 절단을 면했다.

대통령과 식사하는 꿈

우리가 꿈꿀 때 대통령과 같이 나오는 꿈, 악수하는 꿈이 아주 길하다고 한다. 물론 야단을 맞았다든지 멀리 지나가는 것은 하등 관련은 없을 것이다. 그저 나 혼자 희망하는 바람이고 짝사랑에 지나지 않을 허상이다.

나는 꿈에 김대중 대통령과 마주 앉아서 밥상을 받았다. 더운 여름날, 시원한 개울에 평상을 펴고 무릉도원에서 말이다. 정말, 이것은 귀한 꿈이고 얻기 어려운 기회였을 것이다. 그러면 나는 바로 로또 복권을 샀어야 했다. 복권방에 가는 방향과 일터로 가는 방향이 달라서 기회를 놓치고 말았다. 그러나 큰 꿈의 유효기간은 1주일이라는 말은 들었다. 이렇게 중대한 꿈은 유예기간도 있지만, 개꿈은 하루를 지나면 무지개란다. 막차를 탄 듯 다행스러운 복권을 샀다.

다른 사람은 복권을 살 때도 많이 사야 당첨될 기회도 많이 온다고 말한다. 듣고 보면 그럴 듯하다. 그러나 진짜 복권을 살 꿈이라면 단 한 장을 샀다하더라도 당첨으로 돌아올 것이다. 이것은 나의 주장이다. 돈 놓고 돈 먹기로 본전을 건졌다. 물론 오고가는 비용, 수고와 시간은 덤으로 소멸되고.

얼마 뒤, 나는 노무현 대통령과 겸상을 받는 꿈도 꿨다. 지리적 장소는 다르지만 시원한 개울에서, 평상을 펴고, 단 둘이 받아야할 밥상이라니 정말 귀하고 귀한 대우였을 것이다. 김대중 대통령과는 숟가락을 뜨기 전에 깼고, 노무현 대통령과는 숟가락을 들기도 전에 깼다. 그래도 나는 복권을 구입했다. 이번에도 1주일 유효기간 막차로.

그러나 이번에도 이익이 없는, 밑져도 본전이라는 장사로 끝났다. 이렇게 귀한 기회를 놓치고 끝났다니, 안타깝고 원통할만한 꿈이었다.

그래도 그런 꿈을 꾸었다는 것 하나라도 남았으니 감사하고 고맙다며 스스로 위로하였다. 미련이 남아서 두고 두고 후회하는, 지난 뒤에 손을 드는 듯, 어디서 어디부터 어떤 잘못이 있었는지 복습해 보았다.

남은 것은, 돈만 복권이냐? 복권이 돈만 몰고 오냐? 돈이면 천당 가냐? 무엇을 바라냐? 소크라테스가 복권을 좋아했냐? 보다 풍성한 마음이 궁극이었다. 사람이 사는 동안 느끼는 것이 마음의 평화이며 찾는 것은 사랑이라고 믿는다. 육체적 사랑보다 마음의 사랑 즉 정신적인 사랑이 마지막 보루라고 본다.

나는 1주일이라는 꿈의 유효기간 동안 희망을 심었다. 1주일 유예 혜택을 받았고, 당첨을 기다리던 1주일 유효기간을 또 얻었다. 원하는 돈을 얻지 못해서 실망했지만 아직 살아있다는 것을 느꼈다.

그 후 내가 죽어가는 꿈을 꾸었다. 높이 오른 영혼이 몸을 내려 보는 순간, 내가 죽을 때가 되었다니! 이렇게 죽어야 하는가! 허무해졌다. 영혼이 몸부림쳤다. 그러나 일어나보자 내 몸이 살아있었다. 그 꿈이 그 꿈으로 환생한 당첨권이었나?

셀프 파계

요즘 유행하는 단어 중의 하나가 셀프이다. 셀프는 스스로에 해당한다.

축구를 하다 보면 상대편의 골문에 넣는 경기인데 어쩌다 보면 방향 감각이 없어져서 내 편의 골문에 넣는 경우도 있다. 이런 현상을 자책골 혹은 자살골이라고 한다. 셀프 골이다. 남의 힘을 빌지 않고 나 혼자 힘으로 골문에 골을 넣는 것이다.

보편적인 현상은 식당에서 손님에게 대접하는데 경비를 절감하기 위하여 갖다 먹으라는 셀프가 대세다. 추가 드리는 반찬이나 물은 일일이 시중들기 힘드니 먹을 사람이 직접 해결하라는 말이다. 인적 경비를 줄이기 위한 방안이었다.

기독교의 목회자는 목회할 뿐이다. 이른바 신도들이 제공하는 급료 즉 수고료로 생활할 수 있어서 생계 걱정할 필요가 없다. 그러나 국민이 줄어들면서 덩달아 신도도 줄어가는 추세다. 급기야 교회 재정이 부족하여 목회자에게 충분한 수고료를 지불 할 수 없게 된다. 생계가 곤란한 지경에 이른다. 그럼 어떻게 충당할까?

목사가 교인들을 교화하고 교회 운영에도 직접 기여해야 한다. 가장으로서, 아버지로서, 남편으로서 부담하는 경제적 비용 즉 수입금이 문제로 대두된다. 예를 들면 텃밭에 길러서 판매 수익을 올려야 한다. 안되면 투잡으로 나서기도 한다. 신문배달, 택배 아르바이트, 대리운전, 허드렛일, 일용직, 단순 직업 등으로 해결하는 경우가 생긴다.

원하는 소기의 목적을 달성하였다고 치면 목회에 얼마나 충실해질까? 하나를 얻으면 하나는 잃을 것이다. 이것이 법칙이다. 단, 정당한 순리에 따라 이루어졌다면 말이다.

자랑하는 것이 아니며 욕하는 것이 아니라 이런 일이 일어난다고 말하는 것이다. 바람직한 방법은 아니다. 내 생각으로는 목사 스스로 규율을 어기면서 목회자라고 자청한다. 이 경우가 스스로 파계를 했다는 즉 셀프 파계라고 불러왔다.

빗대면 불교의 경우는 어떤가. 남동아시아에서는 불교도

가 많고 신봉하기 때문에 목회에 지장이 없다고 본다. 국민들의 생계가 곤란하더라도 목회자의 생계는 걱정하지 않아도 해결된다. 우리나라의 불교계는 어떤가? 불교의 목회자 즉 스님은 자녀와 처가 없어서 근심이 줄어든다. 나 혼자만 해결하면 만사가 형통된다. 비교적 수월하다.

그런데 요즘에는 부수입이 줄어들자 조금씩 문제로 고개를 들기도 한다. 명승고적의 효과를 입어 관람료와 입장료 등 명목이 줄어드는 추세라 생각해볼만하다. 그럼 충당할 방안은 없는가? 이것 역시 기독교와 비슷하다.

불교계의 금기 식품을 지키지 않고 세속 인간과 공유하는 방안을 추구하기도 한다. 더불어 어울리는 방안으로 만든 것이 세속풍 노래 즉 대중가요다. 교리 강론이 끝나면 밖으로 출근을 하기도 한다. 그래서 대리운전이나 허드렛일을 하거나, 일용직으로 나서기도 한다. 더불어 돈을 버는 목적을 떠나 교인들이 모이지 않자 중이 직접 찾아가는 중이다. 이것도 내가 만든 셀프 파계다.

따지고 보면 셀프 파계가 규율을 어기면서 불법을 저지르는 것이 아니라, 찾아가는 소통의 목회 방법으로 믿어도 좋다. 현 시대에 맞게 스스로 개혁하면서 찾아서 파계하기를 바란다. 셀프 파계를 말이다.

쉬운 숙제부터 풀기

　살다보면 생각이 많은 사람이 많은 숙제를 안고 산다. 그것이 바로 내가 살아있다는 증거다. 누구든지 처음에는 쉬운 문제 풀기가 수월하다. 물론 어려운 것을 풀다보면 쉬운 숙제는 저절로 해결되는 방법도 있다. 그러나 후자는 숙제 풀이에 많은 투입을 요구한다. 누구든 상황과 신념에 따라, 타인의 도움에 따라 다르게 접근하는 것도 방법이라고 생각한다.

　그러나 나는 소신을 따라 작은 숙제부터 풀기 시작해왔다. 오래 전부터 해보고 싶었던 것 중의 하나를 짚어서 풀어가는 중이다. 만나고 싶었던 분인데, 우선 전화로 소식을 전하고 안부를 물어가면서 소통하는 과정에 들었다.

　30년 전에 이사를 했다든지, 전직을 하다가 멀리 떠났다는 것도 숙제 중의 하나를 남겨준 셈이다. 천리 떠난 지인을, 긴 시간을 뜸하고 어찌 찾아낼 수 있을까? 간간히 내가 살아있다는 증거로 연락을 해왔다면 쉽게 해결될 일이다.

나는 불현 듯 10년 전부터는 찾고 싶은 생각이 났다. 여기저기 부탁해놓다가 드디어 전번이 도착하였다. 기쁘고 반갑다. 그런데 막상 통화를 하고보니 긴요하고 중요한 말은 없다. 그저 안부를 묻거나 최근 발생한 사건에 대한 감정을 나누는 것에 지나지 않다. 물어본 안부에 대해서도 후속조치를 할 수가 없다는 말뿐이다.

하긴, 그렇다 치더라도 오랜만에 통화한 사람 간에는 단순하게 주고받은 말에 지나지 않아도 반갑고 후련하다. 이것이 숙제를 푸는 수단이다. 하고 싶은 말을 속 시원하게 못했다 하더라도, 그저 들어만 줘도 숙제는 백점이다. 앞으로 얼마나 살 것인지 모르겠지만 3년에 한 번쯤 통화하면 될까? 생각해본다. 미루면 평생 한 번 통화하지 못하고 죽을 수도 있다. 그런 사람이 대부분이라고 말해도 된다.

성경에도 나오는 말이, 마음속에 남은 앙금이 있다면 즉시 가서 해결하고 오라는 말이다. 즉 해결하지 못한 숙제가 있으면 지금 당장 숙제를 풀고 오라는 말이다.

내가 한 사람의 전화번호를 얻어서 통화를 했다. 단순한 사람 사는 일상사 중의 하나를 화제로 삼았다. 그러다 다른 일이 생겨서 빨리 끊었다. 미안해서 문자를 보냈다. 다시 공통 관심에 둔 사람의 소재를 파악해달라는 부탁과 함께. 동병상련이어서 소재 파악 대신 다른 사람에게 내 부탁과 함께 설명하였고, 반갑게도 바로 전화가 왔다. 내가 기다리고 있던 사람이기 때문에 목소리를 잊지 않아서 놀랍다. 나보다 상대방이 놀라는 표정이었다. 이것이 작은 버킷리스트라고 여긴다.

평생 하고 싶은 일, 죽기 전에 이것만큼은 해보고 싶은 일은 아니라도 작은 버킷리스트도 있다. 쉬운 일이 남으면 짐이 될 것이다. 그러니 쌓고 쌓이면 풀 수 없는 어려운 숙제로 쳐질 수도 있다. 쉬운 일은 미루지 말고 바로 바로 풀자.

아버지의 식성

    아버지의 식성을 아시는 분이 있습니까? 어쩌면 확실한 답은 틀릴 것이다. 그 말은 항상 다르기 때문에 그런 답이 나올 것이 확실하다. 부모님 또한 아버지도 부모님의 식성을 대부분 모를 것이다.

    자식의 입장에서는 분명히 맞는 답이다. 항상 옳고 항상 올바른 답도 아들이 입장을 보면서 변하기 때문이다. 흔히 어머니는 벌써 밥 먹었다면서 많이 먹어서 배가 불렀다고 하신다. 내 딴으로는 어머니는 바쁘셔서 부엌에서 밥을 잡수실 때 서서 잡수시기 때문에, 한 번도 마주친 적이 없다는 말이다. 그 말을 확인하고 싶어서 숨어 지켜보았더니 역시나 대충 먹는 둥 마는 둥, 물 말아 잡수시다가 상을 차리셨고, 불을 때다가 설거지를 하셨다는 증언이 잇따른다. 그렇다면 얼마나 평안히 잡수셨을까? 아니다. 어머니의 답변이 틀렸다는 것도 다 안다.

아버지도 마찬가지다. 항상 안방에 정좌하고 밥상을 받고 나서, 밥 벌써 먹었다고 할 수도 없다. 그래봤자 한두 번이나 거짓말도 통하지만 계속되면 곧 들통 나고 만다. 예전의 아버지는 주로 힘이 많이 드는 노동성 일을 하시므로 밥심으로 버티신다. 지금도 어느 정도는 그런 근로 유형을 이어가신다.

나도 그런 일을 겪어보았다. 내가 중학교에 들어갈 때 입학시험을 치러야 했었다. 그날 벌어진 간단한 일이지만 지금도 잊지 못할 예이다. 아버지께서 나를 앞세우시고 시험장으로 가는 버스를 탔다. 다행히도 시험장은 시내 번화가를 지나서 서울로 가는 주요 도로이므로 엄청 편리하기는 했다. 아버지는 입장하실 수 없어서 정문 앞에서 말씀하셨다. 시험을 잘 치르고 나오면 바로 저 식당으로 오라는 당부를 잊지 않으셨다.

정확한 시각은 모르나 시험을 끝내고 나오면 벌써 식사시간을 넘은 듯했다. 식당에서 먹기는 난생 처음이라서, 혼자 들어가기를 멈칫 멈칫했다. 눈치를 채신 아버지께서 문을 열어 확인하시고 반갑게 들이셨다. 시험은 잘 치렀느냐고 묻는 것은 당연하지만 이미 시위를 떠난 살이니 아무리 물어봐도 물릴 방법이 없으니 묻지 않는 것이 정답이었다.

아버지는 다짜고짜 국밥을 주문하셨다. 아들의 식성 정도
야 아시다는 듯, 가정의 형편은 묻지도 따지지도 않고 주문
하셨다. 시험 철이 추운 날이니 뜨거운 국밥이 단방 특효약
이었을 것이다.

국밥은 김이 모락모락 올랐고, 보기만 해도 따뜻해졌고 마
음도 훈훈해졌다. 그런데 한 그릇 뿐이었다. 아버지는? 하고
물었더니 나는 아침 일찍 나오면서 든든하게 먹었다고 하셨
다. 그러면서 시간이 많이 지났지만 여기 앉아서 기다리다
보니 배가 안 꺼져서 밥 생각이 없으시단다. 내 생각으로는
그런가? 정말인가? 하다가 잊고 말았다.

그 뒤로 내가 먹고 싶은 메뉴는 단연 돼지국밥이다.

아버지의 유산

아버지는 1920년생이시다. 이미 20년 전에 작고하셨지만, 올해로 100년 전에 태어나신 분이다. 나의 아버지는 힘든 생활을 꾸려 가시면서 사람의 삶을 살려고 노력하셨다. 다른 사람들은 아니라고 할 수도 있겠지만, 보내드리고 생각해보니 그런대로 아름다운 삶을 사셨다고 자부한다.

아버지는 나에게 유산을 남기셨다. 많은 돈과 권력, 그리고 많은 식솔도 아니지만, 평범하면서도 사람답게 살 수 있도록 가르치신 유산이었다. 누구에게 인계할 수도 없는 고유한 부분이며, 잊으려 해도 잊히지 않을 유전물질 즉 DNA를 주셨다. 강점기 시절과 전쟁이라는 굴레를 벗어났고, 고려장과 가부장제를 넘으셨다. 이것은 새로운 세대라는 트렌드를 예견하고 각자도생이라는 주제를 부여하셨다.

나는 아버지로부터 금전적 유산과 기업을 물려받지는 않았다. 결혼 때도 각자도생을 가르치셨고, 물질적 유산은 쌀 반 가마 정도의 금액을 주셨다. 현재로 환산해도 40Kg에 해당하는 규모다. 신혼여행비와 돌아와서도 다시 객지로 갈 차비를 주신 몫이었다.

그때 나는 그래도 감사한 마음뿐이었다. 그 이상의 금액을 조금이라도 줄 수 있겠지만, 주거나 주지 않거나 달라질 것은 별반 없다. 목표는 각자도생이었기 때문이다. 처음부터 분가를 하면서 모든 것은 각자 몫으로 책임을 져야하는 삶을 실감하는 현실이었다.

아버지는 동생들을 결혼까지 책임져주셨지만, 결혼을 하고나면 식구들 스스로 체험을 딛고 서야 한다. 이것은 현실을 극복하는 슬기를 익혀가는 연습이었다. 거친 풍파를 이겨내는 실전이었다. 물론 온실에서 자란 묘목이 빨리 큰다는 것은 인정한다. 빨리 크다가 빨리 부러질 수도 있고 빨리 꺾일 수도 있다. 큰 숲도 큰 나무로만 이루어지는 것은 아니다.

사람도 큰 지도자가 필요하지만 모두 큰 지도자로만 이루는 것은 아니다. 작은 사람도 있어야 필요한 조직을 영위할 수 있다. 사람은 떠날 때 돌아보면 사람답게 살았다는 것이 중요하다. 가진 돈을 모두 쥐고 가는 사람은 없고, 가진 권력을 모두 쥐고 가는 사람도 없다. 돈과 명예, 권력도 일부라도 쥐고 가는 사람도 없다. 남기고 가는 사람은 오로지 후손이 존경하는 마음과 두고두고 기릴 만한 정신으로 살아온 사람 뿐이다.

개 같이 벌어서 정승처럼 사용하라는 말이 있다. 무조건 많이 벌라는 뜻이 아니라, 개처럼 아파도 참고 노력해라는 말이다. 우러러 칭송을 받을 만큼 사용하라는 말이다. 자신의 능력을 아낌없이 좋게 쓰라는 바람이다.

요즘 각자도생 중 자신이 떠날 때까지 자기의 임무를 스스로 다 하겠다는 주의가 대두된다. 증여가 필요하지만 우선 1순위가 아니라는 말이다. 자녀에게 부담을 주지 않고 간다는 것이 좋은 최종 목표다.

아부의 정당성

　모든 사람들이 경쟁을 하다가 목적을 달성하면 성공했다고 말한다. 경쟁을 하지 않아도 원하는 것을 달성하면 바로 성공이다. 그런데 크든 작든 주어진 목표는 처음 해보는 일에 속한다. 이런 과정에서 다른 사람의 도움 없이 혼자 성공하는 사람은 없다. 세상에 태어난 사람도 혼자 스스로 태어난 사람도 없다. 바로 남과 혹은 타인의 도움을 얻지 못하면 어느 것이라도 혼자 해낼 사람도 없다는 말이다.

　회사에 입사하다가 높은 목표를 정해놓고 살아가는 사람이 많다. 계장으로 승진하려고 노력하는 사람, 부장으로 승진하려면 혼자 되는 일도 없다. 나 외의 경쟁자가 있어야만 내가 승진을 하는 기회가 오는 진리다. 상대가 없이 오로지 나뿐인 승진대상자이면 성공하는 의미가 없는 셀프 승진이다.

예를 들어 승진심사 판단자가 어떤 생각을 하고 있을까? 겉으로 나타나는 취향은 무엇일까? 그의 취미는 무엇인가? 지금 보충하고 싶은 허망한 부분이 무엇일까? 등등 심중을 읽어내는 것이 지름길이다. 내가 채우는 방법을 어떻게든 알아내는 것이 관건이다.

취미를 파악한 후 우연을 가장하여 접근하면 충족시키는 방법이 된다. 판단자도 모르는 것처럼 속아주면서 충전을 완료하는 기회를 얻게 된다. 이것이 공동 목표이면서 윈윈하는 최선의 대책이다. 단, 소속원 전체가 원하는 목표, 공동의 목표로 한해서 말이다.

골프를 다른 모임으로 나왔다가 식사 시간에 만났다든지, 같은 영화를 보고 만난 것처럼 접근하더라도 상호가 좋은 기회다. 상대가 원하는 것, 아니 지금 큰 고민을 해소하기 위하여 휴식 중임을 파악하고 접근하면 금상첨화다. 그때 걱정과 고민을 꿰뚫어 시원하게 해결해 주는 화두가 답이다.

'지금 가장 큰 고민은 환율이라고 봅니다. 그렇지요?' 하는 식으로 질문과 답을 제시하는 것이 정답이다. '지난주 벌어진 불량 문제로 걱정하십니까? 미흡하지만 제 소견으로 돌파구를 찾아봤습니다' 이것이 원하고 있는 답이다. 부족하더라도, 전혀 불가능한 방법이라도, 같이 노력하고 있다는 것이 바로 공감의 첫 단추다.

언급한 방법이 바로 '아부'이다. 그러나 우리가 잘못 인식하고 있는 것이 아부에 대한 견해다. 아부를 초과한 '아첨'을 '아부'로 착각하다가 굳어진 단어다. 다시 말해서 '너는 아부를 떨었다' 하면 화를 낸다. 내가 아부를 전혀 생각조차 해본 적도 없다는 반항이다.

이미 벽을 쌓아 굳어져서, 돌이킬 시간이 필요하다. 아부는 마음에 들려고 비위를 맞추면서 알랑거린다는 말인데, 비위를 맞추려면 마음에 끓는 근심 걱정을 해결하는 조건이다. 그러니 함부로 아부를 떨지 말고, 아부를 칠 때는 가려운 곳을 긁어 주어야 되지 않는가?

우리나라의 대표 선수들

대한민국은 세계 속에서 굳건히 지켜왔다. 지형적으로 동아시아의 동쪽 작은 나라이며, 틈바구니에 끼어있는 형세이다. 그래도 반만년 역사 속에서 버텨왔고 이제 세계 주인공으로 등극하고 있다. 그런 위치를 어떻게 유지하고 왔을까? 어떤 종목을 이어왔을까? 그 대표하는 선수는 누구일까?

대한민국 하면 먼저 떠오르는 선수는 태극기이다. 앞세우고 나가는 대표 중의 대표이며, 한마디로 국민의 상징성을 대신하는 선수다. 태극기는 음양의 상징성과 희망, 존귀의 상징성을 가진 태극이 중앙에 자리 잡았고, 네 귀퉁이에 하늘, 땅, 물, 불을 의미하는 건곤감리를 그려놓았다.

다음은 무궁화이다. 깃발에 이어 국화로 정해졌고, 꽃은 태극과도 닮았다. 서양에서는 월계수를 중시하였는데 그때부터 우리는 무궁화를 활용해왔다. 화려하면서도 현란하지 않아 단정하며 순수한 성품을 지닌 꽃이다. 겸손과 포용을 겸비했다.

나무 중에서는 어떨까? 바로 소나무이다. 예전부터 국토의 대부분을 차지한 나무이며, 상록수라 언제 어디든지 품고 살아가는 나무가 되었다. 추운 지역에서도 잘 견디어서 군건한 기상을 표명하였고, 예전에는 난방과 주거 그리고 취사용 주재료를 담당해왔다.

지리적인 대표는 바위로 이루어진 섬이라서 독도이며, 동쪽 멀리 떨어져서 경계선을 의미하는 독립성도 지녔다. 근래에는 독도 영유권을 탐내는 곳으로 등장하였다. 그런 의미에서는 국가의 대표 선수가 되는 곳이다.

국민을 섬기는 동물은 무엇일까? 바로 진돗개인데, 대형견 중에서 충성심이 강하고 의리와 예절을 두루 갖춰 천연기념물로 지정되었다. 체형도 든든하며 보기에도 용맹스럽고, 훈련 없이도 야생성인 사냥도 뛰어난 반려견이다.

신비한 풀은 사람의 모양을 닮은 인삼이다. 약성이 강해서 전 세계에서도 귀한 약재로 통한다. 가공하는 홍삼도 있고, 자생하는 산삼도 있다. 그것은 노력과 정성을 받아서 약효가 강해졌고, 토양의 성분과 맞아 신토불이의 대표 주자가 되었다.

유일한 구들장은 독보적이다. 바닥이 따뜻해지자 기온이 위로 올라가면서 골고루 덥히는 기술이다. 지금은 연료를 교체하면서 개량됐지만 기본적인 구들이 으뜸 난방시스템이다.

먹고사는 으뜸 반찬은 김치다. 밥은 공용 주식이지만 김치는 우리뿐이다. 천연 재료와 각종 부재료를 버무려 저장하는 기술을 터득한 결과다. 세계인들에게 생소하였지만 지금은 선호하는 초유의 종합발효 반찬으로 등극하였다.

항상 부르는 노래는 아리랑이다. 콧소리를 대면서 혼자 부르기도 하고 모이면 이구동성으로 합창도 한다. 긴 역사를 함께한 설움과 애환을 함축시켜놓은 곡조다. 세계 공동 조사에서도 1등으로 오른 노래가 아리랑이다.

국내외를 막론하고 생각나는 단어가 바로 대표 선수들이다. 잊어서도 잊혀서도 안 되는 단어다. 자다 깨어도 쉽게 바로 떠올리는 글자가 바로 대한민국 대표 선수 이름이다.

작가와 정치가는 어떻게 다른가

사람이 살아가면서 어떤 마음을 가지고 살까? 아이들에게
하고 싶은 말이 있고, 노인들에게도 하고 싶은 말이 있을 것
이다. 아니 어떻게 보면 누구든지 누구에게라도 하고 싶은
말이 있을 것이다. 좋지 않다며 타이르는 것과 핀잔을 주고
나무라는 것이 주 내용이다. 반대로 생각해보면 좋은 점을
지적하여 칭찬하거나, 사실 부족하다고 느끼면서도 격려하
고 배려하는 말로만 타령하는 부류로 나눌 수 있다.

작가는 어떤가? 가르치고 나무라는 것이 작가의 의무와
사명감이라고 생각한다. 시류를 탓하지 않고 시점을 즉각
판단하면서도 한 발 늦게 발동을 거는 것이 작가 감각이다.
모든 지성과 국민이 하는 것을 보면서, 아니다 이렇게 해서

는 안 된다고 뼈저리게 느껴야 마음이 뭉치고 일어나는 최후의 보루 작가 양심이다. 하고 싶은 말을 즉각 즉각 해야 한다는 사람도 있지만 그런 사람은 비평가이면서 평론가 축에 든다. 비로소 속말을 다 털어내고 나면 작가의 본분을 다 했다는, 떳떳한 작가 의무를 다 했다는 사람들이다.

어떤 사람은 작가라는 것은 먹고 사는 방법을 택한 사람도 있다. 말하면 인기 작품을 짓거나 거짓과 흥미 위주의 달콤한 유혹으로 일관하는 사람 옆에 선다. 작가는 시류의 흐름을 읽고 이때는 새로운 도전을 만들거나 지금 일어나는 때라는 생각으로 분위기를 타는 사람이다. 예를 들면 권투가 끝났다고 생각하면 럭비 위주로 선두를 치고 나가는 사람, 건전한 육체 스포츠를 지나 이제는 흥청망청 마음의 병을 물들게 하는 글을 써서 유혹하는 사람도 있다.

누가 뭐라 해도 작가는 자기 마음대로다. 없는 것을 짓는 것이 작가의 의무요 책무이기 때문에 무조건 탓할 수도 없다.

정치가는 어떤가? 가르치고 나무라는 것이 정치가의 의무라고 생각한다. 시류를 탓하지 않고 시점을 즉각 판단하면서도 한 발 늦게 발동을 거는 것이 정치가 감각이다. 일반이 즉 모든 지성과 국민이 하는 것을 보면서, 아니다 이렇게 해서는 안 된다고 뼈저리게 느껴야 마음이 뭉치고 일어나는 최후의 보루 정치가 양심이다.

고대 벽화 동굴에서도 요즘 변했다고 했단다. 이미 늦은 정치가라고 생각하다가 벽화를 그렸을 것이다. 하고 싶은 말을 즉각 즉각 해야 한다는 정치가도 있지만 예전에는 비평가나 평론가가 없어서 늦게라도 속말을 다 털어내고 나면 정치가의 본분을 다 했다는 사람들 편에 선다.

작가가 정치가를 탓할 수도 없다. 정치가가 작가를 탓해서도 안 된다. 그들의 임무와 책무가 같지만, 상대를 지적하고 가르쳐서도 안 된다. 다만, 본인이 앞서기를 바랄 뿐이다.

피도 흐른다

흐르는 것은 액체와 기체에 해당하며, 고체는 딱딱하지 않은 경우에만 마치 물엿이나 꿀처럼 반고체이면 흐른다.

21대 총선을 맞아 후보자 본인의 피가 흐르는 일이 발생하였다. 어떤 폭행이나 상처를 입어 피가 흐르는 것이 아니었고, 본인이 손가락을 깨물어서 피를 냈다. 그 피로 하얀 천에 글씨를 쓰려는 목적이었으니 혈서가 맞다.

그러나 영상을 보면 혈서가 빨간 피가 아니라 분홍빛을 넘어 옅은 빛이 선명했다. 그 사이에 후보자의 도우미가 다가갔고 계속하여 혈서를 썼다. 분명 의학용 소독제인 액체 요오드 색이 확실하니, 이어지는 가짜 쇼에 속을 사람도 없다. 다만 성원하며 동조하는 거짓말을 퍼트리는 피가 흐르는 사람은 빼고 말이다. 쓴 다음에 실토하고 끝냈다.

알고 보니 일본 침략자에 대한 투쟁을 단지(斷指)로 공언한 안중근 의사에 대한 할 말이 없었고, 반대로 박정희는 혈서편지로 맹세하며 침략자를 추종한 사실이 떠올라 분개(憤慨)하였다. 2020년 4월 15일 총선, 이 시대에도 안중근의 피가 흐르고 박정희의 피도 흐르고 있다. 대체로 8개월 전 그러니 작년 광복절부터는 극심한 두 부류로 갈리고 총선까지 이어왔다.

　어느 날 갑자기 자기 잘못을 덮으려고 우리나라가 공산주의에 찬성하였다며 덤터기 씌우고 경제 단교를 선언한 일본이었다. 국교 외교에 기본예의도 없이 우리에게 쓴맛 좀 보라는 길들이기로 나선 일본이었다. 안중근 피는 애국이며 '노재팬 노아베'를 주창하였고, 박정희 피는 그래도 '일본 우리 일본'이라는 말을 포함하여 '일본에 사죄하라'는 구호를 남발하였다. 자칭 지도자라니 참으로 어불성설이었다. 결국 안중근 피가 일본에 또한 21대 총선에서도 심판 일치 판정 승하였다.

　오래전 어느 날, 내가 일본에 갔을 때 일이 생겼다. 혼잡한 전철에서 작은 다툼이었다. 나도 우겨서라도 일본에 지지 않고 싶었다. 그러나 문화가 달라 통하지 않으니 답답하고, 거기다 내릴 시간이 다가오니 마음만 바빠졌다. 나도 모르는 사이 튀어나온 말이 있었다. '이런 일본ㅇ이 그렇지!' 내리자 몸도 시원하고 속도 시원해졌다.

마중 나온 사람에게 얼마나 더 가느냐 얼마나 걸리느냐는 둥 말을 걸었다. 그러나 전철 일을 지켜보았던 그가 우리말로 '재일교포 3세입니다'라고 대답했고, 나는 웃으며 얼버무렸다. 정말 재일교포 3세? 아님 위장용 3세?

3세라면 태평양 전쟁 말에 징용당한 한국인 후예가 맞다. 본인이 자칭 실토한 당신도 안중근 의사의 피가 흐르겠지! 시대가 지나서 조금은 동조되어서 그러겠지만, 옅어도 안중근 의사의 피는 맞겠지...

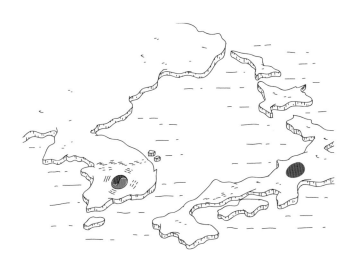

한국인의 속멋

한국에는 신미양요를 거쳐 외국인이 들어왔다. 그리고 기독교가 퍼지면서 한국인에 대한 인식이 점차 알려졌다. 그들이 바라보는 한국에 대해서는 여전히 오리무중이었고 알수 없는 미지(未地)였다. 쇄국정책과 유생들이 주름잡는 골수주의자라고 본다.

그럼에도 한국인의 멋은 있었다. 번듯한 비싼 옷을 입는 것이 아니라 드러나지 않는 내면의 멋이다.

한국에는 부자유친이 있고 붕우유신이 있다. 아버지와 아들 사이에도 도리가 있고 서로 사랑하는 친밀감이 있다는 말이고, 벗 사이에도 도리와 믿음이 있어야 한다는 뜻이다. 그러니까 가족 간과 타인에게도 해서는 안 될 일이 있다는 말이다. 얼마나 아름다운 말인가.

산비탈이거나 거친 돌밭에서는 소를 쌍으로 멍에를 엮어 두렁을 꾸미지만, 평지와 기름진 논에서는 외멍에를 활용한다. 힘이 센 소라도 혼자 할 수 있는 곳과 둘이 힘을 합쳐도 고생하는 곳이 있다는 말이다. 외국인이 보기 힘든 소 멍에와 두 마리를 동시에 활용하는 쟁기를 보았다. 신기해서 한참 보다가, 노인에게 '왼쪽 소와 오른쪽 소 중에서 어느 소가 일을 잘 하나요?' 물었다. 그러나 노인은 못 들은 척 아무런 대답을 하지 않았다. 외국인은 화가 났지만 참고 다시 '소 두 마리 중에서 어느 쪽이 힘이 센지요?' 물었다. 그러자 노인은 또 대답하지 않았다. 그러자 한참 지나자 일이 끝났고, 노인은 다가와 귓속말로 '오른 쪽이오!' 말했다.

 외국인은 '일하다가 거기서 대답하면 되는데 왜 일을 끝내고 대답하나요?' 물었고, 노인은 '하하하, 그것은 당연하지요. 소가 들으면 서운한 소가 생길 것이고, 한 소는 우쭐댈 것이오' 대답하였다. 소도 협동하며 격려하는 친구가 필요하다. 일하는 소에게 말이 통하지 않아서 붕우유신을 가르칠 수는 없으나, 노인 스스로 모범을 보여주는 실천이었다.

 만일 쌍둥이를 두고 '작은 애가 예뻐요 큰애가 예뻐요?' 하고 물으면 어떻게 대답해야 될까요? '둘 중에 공부는 누가 잘하나요?' 물으면 정답이 있나요? 누가 착한지를 물어도 될까요? 묻는 것은 자유지만 대답하는 것은 정답이 아니다. 대답은 하더라도 옳고 그름에 따라 다른 답이 있다는 말이다.

그럴 때 '공부는 둘 다 똑같아요!' 할 수는 없다. 그럴 때 '아! 작은애는 수학을 잘하고 큰애는 영어를 잘해요!' 하는 것이 현명한 방법일 것이다. 이른바 뜻을 담은 동문서답이다. 키가 큰애는 이래서 좋고 키가 작은애는 이래서 좋은 점이 있다고 하는 말이 신통방통한 대답이다.

두 아들이 있는데 큰애는 나막신을 팔고 작은애는 우산을 판다고 한다. 비가 오면 큰애 때문에 걱정이고 마른날이면 작은애 때문에 걱정이란다. 그런데 비가 오면 작은애 때문에 웃고 마른날이면 큰애 때문에 웃는다고 하면 된다.

한국인의 내면을 잊지 말고 길이 보전해보자.

어린 양이 그립다

어린 양을 보았나? 최근, 어린 양은 물론 보았겠지! 내가 말하는 '어린 양이 그립다'는 것은 추억이다. 새 하얀 양은 내가 어릴 적에 쉽게 볼 수도 없었다. 그래서 양에 대한 추억도 없다. 다만 어린양만 추억으로 남았다.

어린양은 어린 양처럼 귀엽고 착하고 시키는 대로 하는 예쁜 아이로 자리 잡는다. 그래서 당연히 추억으로 떠올리는 동물이 아니라 항상 부대끼면서 살아왔던 동생에 얽힌 기억이다.

동생은 터를 잘 팔았다는 이유로 사랑을 받으면서 자랐다. 나는 터를 잘못 팔아서 나와 같은 동생을 두었단다. 사람이 태어나는 것도 내 마음대로 하는 것이 아닌데 유독 나한테만 터, 터, 터 타령이었을까? 해답은 아주 쉽다. 나와 같은 성별이 아닌 사람을 기대하였다는 말이다. 아들 다음에는 딸, 딸 다음에는 아들을 바라고 있었다. 내 다음에 태어날 동생을 내 마음대로 정해주고 뱃속을 나오는 방법이 있는지도 의문이다. 내가 태어난 터를 동생에게 팔았다면 어느 정도는 내가 받아야 하지 않는가? 돈이나 혹은 금품, 없으면 사랑이라도 어느 정도는 받아야 할 것 아닌가!

요즘 '당신은 사랑받기 위해 태어난 사람… '이라는 동요가 유행한다. 동생이 잘 되었다면 반드시 내 몫의 일부는 인정해주어야 할 것 아니냐? 내가 좋은 터를 헐값으로 팔았으니까 … 그럼에도 불구하고 동생이 받아야할 복에 비해 나는 어림 반품의 가치도 받은 적이 없다.

어쩌면 동생은 사랑받기 위해 태어난 사람에 해당하는 사람이고, 나는 동요가 생기기 전에 이미 태어났다는 해석인가 한다.

보릿고개를 같이 넘던 그 시절, 어머니께서 동생과 나를 세워놓고, '야들아! 너희는 집에서 놀아. 둘이 있으니 심심하지 않을 거야. 절대로 밖에 나가지 말고 집에서 놀아라' 하셨다. 우리는 이구동성으로 '예!' 힘차게 대답하였다. 어머니께서 일하러 가시는 것을 보면서 배웅 드리고, '안녕히 다녀오세요' 씩씩하게 말했다.

모퉁이를 돌아서시자 동생은 '휙~ ' 하더니 쏜살같이 사라졌다. 어디 갔을까? 땅 속으로 꺼져 들어갔을까 구름타고 하늘로 솟아올랐을까! 동생을 찾으러 나가는 것이 내 몫이요 정해진 일과였다. 어머니께 한 번이라도 일러바친 적도 없다. 이것이 나의 숙명이었고 동생은 사랑을 받기위해 태어난 숙명이었다. 내가 좋은 터를 아무런 금품을 받지 않고 팔았는데 왜 보상을 해주지 않느냐 말이다. 이것도 숙명에 해당되는가?

동생을 둔 사람은 보호자다. 부족하지만 그래도 보호자는 보호자다. 그런 어린양을 부렸던 동생이 그립다. 지금 벌써 이순이 된 사람이라, 미운 정을 넘어 고운 정이 차고 넘친다. 가족 간의 추억이라는 연결고리가 남았다. 이제 남은 고리를 꿰찰 시간인가 한다.

전쟁이 남긴 두려움

6월 25일에 벌어진 한국전쟁은 한국민 간의 전쟁이다. 엄밀히 말하면 전쟁은 국가 간 분쟁과 공식 전투를 의미한다. 한국전쟁은 한국 국민들 간의 전쟁이라고 말하지만 따져보면 한국 국내분쟁이라고 본다.

전쟁을 떠나 일단 휴전 협상을 조인하여 지금도 인정하는 휴전 상태다. 넓은 의미로는 아직도 전쟁 중에 속한다. 휴전도 전투에 개입한 타국에서 주관하였다.

휴전이 되자 부상자들이 속출하였고, 치료를 받았지만 장애로 부자유스러우며 생업에 종사하기 어렵다. 정부에서도 마음은 있지만 사망자와 부상자를 위한 보상 혹은 대우가 내세울 것이 없는, 불쌍한 나라였다. 어쨌든 전쟁 후유증이다.

그 때 내가 집에 있었고, 부모님은 하루하루를 연명하기 위해서 밖으로 돌았다. 집에 혼자 있으며 심심하고 먹을 것도 없는 것은 당연한 상황이었다. 동생 혹 형과 함께 있더라도 어린 나이뿐이다. 나이가 있으면 무조건 나가서 벌어야 했다.

홀로 남아 있다가 손님이 오시면 난감해진다. 지인이 오시면 만사가 해결되고, 타인이 오시면 난망과 동행한다. 경제 환경이 원만하지 못해서 손님 대접하기가 어려운 현실이다. 더구나 전쟁이 남겨준 몸의 상처와 마음의 상처까지 치유하지는 못했으니 두려움이 엄습해온다.

어느 날은 손님이 혼자 오셨다. 옷도 남루하고 몸도 일명 갈구리 손이 된 상이용사였다. 오면서 둘러보시다가 어른이 없다는 것을 확인하면 대뜸 마루에 걸터앉는다. 다음 코스는 무조건 도와달라는 요청을 들이 내민다. 나는 겁이 나서 주춤하고, 손님은 저기 쌓여있는 식량을 달라고 말한다. 이것은 창고도 없이 그냥 보이는 대로 놓고 살아가는 시절이었다. 마치 '전원일기'에서 마루에 쌓아놓은 것처럼.

아무런 거절도 없이 퍼 주었다. 그러나 가기 힘든 것처럼 다시 한 번 퍼 달라고 요청한다. 또 주었으나 돌아선 상태에서 다시 한 번 퍼 달라고 말했다. 나는 또 퍼주었다. 세 번씩이나 …

그래도 대문을 넘기가 힘들었는지 지금 먹는 것이 무엇이냐고 묻고, 그것도 조금 나눠달라고 요청했다. 물론 아무런 반감도 없이 순순히 내밀었다. 많은 것을 받고 떠난 손님 뒷모습을 보면 비로소 해방된 느낌이다. 아이와 어른의 차이, 덩치와 전쟁을 겪어 찌든 역경, 목발과 의수(依手)를 보면 안타까움보다 두려움이 크다. 시쳇말로 거지를 보낸 일을 부모님께도 말하지 못했다.

아버지의 사촌 동생 즉 나의 오촌 아저씨도 바로 목발에 의지한 상이군인이셨다. 그 분의 딸이 내가 사는 집에서 1년 반 넘도록 같이 살았다. 그것이 한국 전쟁의 후유증이었다. 어린 아이의 두려움을 누가 누구를 탓할 수 있겠는가?

입영 통지서가 두 장 날아왔다

우리나라는 분단 상황을 맞아 두 개로 나뉘었다는 뜻이고, 아직 전쟁 중이라서 통일되지 않았다는 뜻이다. 그래서 국민은 누구든지 군대에 가야할 형편이다.

전쟁이라면 신체가 건강한 사람에게 우선권을 준다. 지식이나 부와 권력을 떠나 '체력이 국력'이라는 조건에 따르게 된다. 내가 군에 입대한 날짜는 1977년 6월 25일이었다. 뼈 아픈 6·25 전쟁이 일어난 후, 같은 날짜에 입대하였으니 감회가 새롭다.

내가 받은 입영 통지서는 대략 입대 열흘 전 이었다. 통지서를 수령한 날짜는 명확하지 않지만, 군에 가면 해결될 터이니 그 날짜를 따질 필요도 없다. 그래서 '입영 전야'라는 가요가 있듯이 축하해주고, 보내지 않고 싶어서 슬픈 마음을 담은 노래에 따라 송별식도 했다. 그런데 날짜가 다가오더니 5일 전에 다시 입영 통지서 한 장이 날아왔다. 제목은 장교 합격 통지서.

첫 장은 국민의 의무를 다하기 위해 누구라도 가야할 입대 통지서, 두 번째는 장교 모집에 지원서를 제출하고 응시 과정을 거쳐 뽑힌 대상자였다. 기대를 하였지만 합격 통지서가 늦어지자 마음만 아팠고 가슴은 두 방망이질 했다. 합격하면 장교가면 되고, 불합격이면 일반 병으로 가면 될 것인데 무슨 걱정이 있었을까?

예전에 내가 원하는 육군사관학교에 응시하였다가 낙방하고 말았다. 본인은 얼마나 서운하고 창피하였을까. 학교에서도 합격은 충분하다면서 기대하였는데, 예상 밖의 일이라서 낙담에 휩싸인 때도 있었다. 몇 년 후에 그래서 공개 모집이라는 또 한 번의 기회를 주었다니, 그 자체가 고맙고 행운이었다.

그런데도 합격 통지서가 늦게 도착했고, 집에서도 동창들에게도 모집에 응모했다는 말조차 꺼내지 않았다. 또 다시 불합격이라는 멍에를 쓸까봐 장교라는 단어를 꺼내기가 두려웠던 이유였다.

합격 통지서를 받아보니 너무 촉박했다. 다음날 기차를 타고 도청 소재지에 도착한 뒤, 버스를 타고 아니 기쁜 마음에

택시를 타고 바로 병무청을 방문하였다. 병무청에 들어가자 장정들이 분주히 왔다갔다 하는 모습이 보였다. 속으로는 '너희들은 일반 병으로 가겠지! 나는 장교로 간다!' 하는 생각이 들었다. 직원은 '어이! 무슨 일이야? 얼쩡얼쩡하지 말고…' 하자 나는 제정신을 차렸다.

내가 당당하게 '여기요, 입영 통지서가 두 장 나왔어요!' 보여주면서 말했다. 그러나 직원은 대수롭지 않다는 듯 '두 장? 그러면 어떤 것을 갈지 선택해!' 말했다. 따지고 보면 나에게 선택권을 주겠단다. 맞는 말이었다. 나는 다소곳이 '장교요!' 하며 겸손스럽게 말했다.

짧은 시간에 선택권이 주어진 장교라니… 내가 지원한 장교 시험이니 당연하겠지, 아니면 일반 병으로 가는 것도 당연하겠지. 뭐라고 해도 선택 후 따라오는 뒷감당도 내가 질 의무 중의 하나였었나 보다.

2부

지금도 공부 중

지금도 공부 중

어느 날 모임은 중식당에서 진행되었다. 업종으로는 시내에서 가장 큰 식당, 최근에 지은 식당이라며, 느긋하게 만찬을 즐겼다. 상호를 보더라도 중국 중에서 가장 큰 도시라는 이름을 따온 곳이었다. 물론 먹어야할 음식도 많고 정말 말도 많았다.

'시험? 그까이~ 거... 자꾸 외우면 되잖아!' 외마디 쳤지만 살다보면 쉬운 일이 없다는 것이 실감난다. 매사는 곳곳마다 진을 치는가 하면 부비트랩을 설치해놓았으며, 생각대로 호락호락하겠느냐고 은폐엄폐는 물론 매복도 부지기수다.

그러니 살얼음판을 건너고 한발 두발 조심스레 나가는 길〔道〕이라서 한치 앞을 내다볼 수 없는 인생길〔旅程〕이다. 돌다리도 두드리라는 말이 정답인가 싶다. 그러나 바쁘다면서

'무슨! 누가 돌다리를 두드리겠냐?' 막무가내를 내뱉었다가 바로 '블랙아이스'로 돌아온 부메랑이 되었고, 정말 어려운 문제는 풀 수 없는 난치(難治) 문항으로 남고 말았다.

현재는 변경된 사법고시와 행정고시, 외무고시를 비롯하여 입법고시라는 생소한 부문도 있다. 삶이 그것뿐일까? 전문기능을 실증(實證)하는 필요충분조건에 충족시켜야만 합격증을 부여하는 기술고시도 있고, 임용고시, 공인중개사, 변리사, 회계사와 계리사, 법무사, 도선사 등등 모든 항목이 바로 인생사를 다루는 자격증이다.

차치하고 서두른다면 운전면허증, 항해사, 기관사, 조리사, 요양사, 영양사, 항공사, 졸업검정고시, 치위생사, 물리치료사, 언어치료사, 경매사, 보험설계사, 관광안내통역사, 문화관광해설사, 숲해설사 등도 거쳐야 하는 과목이다. 정말 모든 것들이 나의 인생을 엮어가는 세상이다.

그러나 정말, 진짜로 내 인생을 프리상태로 녹녹하게 주무르는 부분도 존재한다. 내가 느끼는 것은 바로 술이다. 어제도 동행인들은 나에게는 술을 권유하지 않았기에 나는 즉각 반향(反響)도 하였다. '예? 즐기세요?' '아니!' '그럼 왜 술을 주지 않느냐고 물어요?' '그것은 바로 바로...' 잇지 못했다.

이러다 내가 물러서면 안 되겠다 싶어서 뱉어냈다. '그러나 내가 할 말이 없겠냐?' '그래서요!' '나는 술을 배우지 않아서 그렇지, 술을 마시라는 법도 있냐?' 그러나 나에게 돌아온 것은 다음과 같은 멘붕이었다. '그럼요~ 국회의원, 판검사, 경찰, 도시군의원, 하늘의 별, 공무원 등과 그 가족들은 프리패스권이 있었잖아요' 그러자 나도 변명을 해보았다. '프리패스권? 미안! 나는 아직 시험을 안 보았어. 술 마시는 권리를 부여하는 면허증이라는 제도를 몰랐어. 정말 미안해.' '그러세요. 공부 좀 하시라고요!' '자, 그럼 알았어. 마무리. 술권증을 따고 따지자!'

그런데 프리패스권은 어떤 시험과목인가요? 기출문제를 모은 책을 달달 외면 되지 않을런가요?

무문모 DNA

  사람은 누구나 각자 다른 지문(指紋)을 가지고 있다. 오른 손의 엄지와 장지, 중지, 약지, 소지도 있다.

  엄지는 크다는 뜻이 있어서 거지(巨指) 혹은 대지(大指), 엄지손가락이라서 무지(拇指)와 벽지(擘指) 라고도 한다. 검지는 둘째손가락을 말하며 식지(食指), 인지(人指), 염지(鹽指), 두지(頭指)라고도 한다. 중지는 셋째손가락인데 가운데에 있어서 중지(中指), 길어서 장지(長指), 장수를 의미하는 장지(將指)라고도 한다. 약지는 넷째손가락을 말하는데 무명지(無名指), 약을 찍어 맛보는 약손가락이라고 하며, 소지는 다섯째손가락을 의미하는데 가장 작은 새끼손가락, 한자로 소지(小指), 수소지(手小指), 막내라서 계지(季指)라고 불리기도 한다. 한손가락 안에 인생의 모든 것이 담겨있는데 얼마나 오묘할까?

사람을 도와주면서 죽을 때까지 일을 하다 끝나는 동물도 있다. 기구한 소는 손발에 지문은 없다. 그 대신 코빼기에 문양을 지니고 있다. 세상에 많고 많은 소 중에서 똑같은 문양을 가진 소는 없다. 세어볼 수 있는 소 중에 중복된 문양이 없다는 말이다. 소도 귀하고 중한 동물임이 분명하다.

그런데 내 어머니는 어찌하여 지문이 없었을까? 아니 처음에는 있었다는데 왜 도중에 없어졌을까? 어느 정도 시간이 지나면 지문이 없어지는 돌연변이 디엔에이가 생겼을까? 주민등록이 생길 때 내가 직접 확인한 사실이었다. 그런데 그런데 내 주민등록증을 갱신할 때 앞으로! 뒤로! 좌로! 우로를 돌려보아도 지문이 나타나지 않았다. 뒤집어도 나타나지 않고 엎어놓고 보아도 찾을 수 없었다. 무문모(無紋母) DNA가 나에게 옮겨온 것이 확실해졌다.

골똘히 생각했는데 해가 지나자 비로소 그 연유를 짐작할 수 있었다. 손가락을 닳도록 문지르다 생긴 인공 조작이 아니라, 속일 수 없는 성품이 고스란히 빼박은 것이었다. 다른 사람은 도저히 알 수 없으며, 아무리 설명을 해주어도 수긍할 수 없는 개성이 옮겨온 것이었다. 마치 손가락 지문이 없는 소처럼 그저 묵묵히 자신의 임무를 수행하는 DNA다. 오로지 자식을 위하여 바람이 불거나 눈비가 오거든 굴하지 않고, 지금 해야 할 일을 찾다가 없으면 만들어서라도 몫을 해내는 디엔에이다. 안주하지 않고 창조하는 DNA! 실패하면 또 재창조하는 디엔에이!...

무문모는 지금도 내 손으로 피가 흐르고 있다.

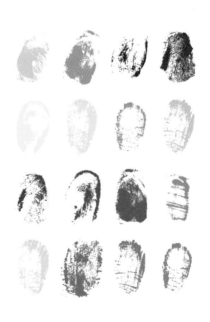

몇 타나 되나

요즘도 자주 듣는 질문 중의 하나다. 무슨! 그리 중요하지도 않은데 또 물어본다니... 나는 참으로 곤란한 질문에 따라 답변도 궁해진다. 그러나 바로 대답하는 사람도 많다. 아마 대세(大勢)인지 모르지만 동세대(同世代)라서 불문가지 통했을 것이다.

나는 선뜻 나서지 못하다가 '아직 초보라서...' 그것이 불문가지 현 주소다. 그러나 물어왔으니 명확한 대답은 듣고 싶었을 것이다. 그래서 '현재는 몇 타나 되나요?' 굳이 듣고 싶다면 정말 한마디 대답은 해야지 맞다싶다. 그래서 대화가 앞으로도 가끔 만날 수 있는 조건이 된다는 생각이 들기도 한다.

간결하게 '응! 130' 나가면, 장황하게 '그래요? 벌써 그런

다니... 웬 말입니까?' 응수가 쳐들어온다. 듣고 보니 정말 나는 초보가 분명하다. 1년 전에도 그렇고 2년 전에도 그렇고... 늘지도 못했으며 늘린다는 의지도 없었다.

지금 나 처지를 잘 알고 있다는 듯 거창하게는 다그치지 않고 그것도 유려하게 되받아쳐왔다. '그럼 내년에는 어떤 목표라도 세워야지요!' 올해 연초를 감안하면 유예기간이라는 1년 특혜를 주니 그것도 다행이라는 생각이 들었다. 그래서 '내년 목표라니~ 따블이면 되지?' 자신이 있다는 심산으로 평음에 격음을 더한 경음을 내고 말았다. '엥? 따블이라니요?' '당근 두 배지' '아니 하프도 아니고 쿼터도 아니고 따블?'

아뿔싸! 주제가 골프임을 늦게 눈치 채고 말았다. 나는 한 타 즉 컴퓨터 얘기인줄 알고 있었는데... 내가 말하는 상대방은 한손으로 300타가 기본이라던데... 연약하고 부드러운 손길을 가진 세대는 300타 기본이라고 들었지만 골프도 기본이 300타로 통하는지 묻지 않은 내 탓으로 귀결되었다.

나는 말이 통하지 않는 세대임이 분명해졌다. 말하지 않아도 얼굴만 보아도 알고, 얼굴색만 보아도 알고, 머리색만 보아도 알고, 머리 스타일만 보아도 알고, 입은 옷 색만 보아도 알고, 입은 옷 디자인만 보아도 알고, 빈티지인지 정갈한지만 보아도 알고, 화려한지 수수한지만 보아도 알고, 목소리에 묻어나는 감정만 들어도 알고, 목소리에 나타나는 어투만 들어도 알고, 대화 중에 몇 번 등장하는 단어를 들어도 알고...

내 또래는 낀세대깜이 인증되고 말았다. 베이비붐세대는 공감이 되지 못하는 부분에 대해서는 반드시 부연설명이 필요한 세대임으로 남는 한시적(限時的) 길〔人生〕이다. 늙어서 다시 애가 된다던데, 태어난 베이비가 거꾸로 어린 베이비로 돌아가는 서글픈 세대가 순리에 거역하는 또 다른 붐을 일으키는 것이 분명하다. 이른바 '역베이비붐' 신조어 메이커다.

기생충과 버려진 사람들

아카데미상이 92회째 진행되었다. 상을 4번이나 수상한 사람이 역사상 두 번째라 그래도 영광이다. 그것도 여러 작품에서 얻은 것이 아니라 한편으로 4 부문에서 수상이라니, 유추해보면 전무후무한 기적으로 남을 것이다. 나라가 온통 불난 호떡집이 되고 말았다. 시샘하는 주최측 나라에서는 또 기적을 만들 수도 있겠지만...

하긴, 예전 이론으로는 불이 났으니 호떡이 익었을 것이고 불이 없으면 호떡을 먹을 수 없다가 불문가지다. 강 건너 불구경은 인정하지만 이웃집 불구경은 허용할 수 없는 우리다. 구경거리라는 주제가 아니라 안타까움과 연민, 도와주자는 인정으로 모여든 이웃사촌임이 분명하다. 사람이 많아서 걸리적거리며, 물을 나르는 바가지와 속불을 헤치는 도구도 없으니 발만 동동거리며, 구경꾼 취급받는 속담이 생겼다.

따져보면 아카데미 시상식에서 주어지는 트로피가 오스카란다. 형체가 오스카라는 사람을 닮았다는 이명동인이었다. 미국을 업고 칸영화제, 베를린영화제, 베니스영화제보다 영향력이 더 큰 권위가 되었다. 2019년 칸 72회에서 「기생충」이 최고인 황금종려상을 받았다. 이번 시상하는 아카데미 상은 25개, 일부는 할리우드 벽을 넘어야만 제출되며 영어로 번역된 것에 한하는 것도 있다. 로컬 테스트에 비유된다. 기생충은 6개 부문 후보에 올랐으며, 최종 4개나 수상하였다. 기라성은 11개 부문에 1건, 10개 부문에 2건, 총 3건이 올랐는데 바로 떨쳐내 기적을 일군 성과다. 신기록이다.

그러나 우리는 그런 기생충을 버렸다. 해를 끼친다는 백해무익인 인증을 역 인증샷한 꼴이 되고 말았다. 배우와 감독, 그리고 어디서도 밟고 일어나는 민초가 있었기에 부활하는 불사충! 외국에서는 그들을 인정해주었다. 우리 몸속에도 같이 사는 이로운 기생충이 있다는 것을 다시 가르친 셈이다.

지금도 분노하는 진리가 용트림하는 것을 본다. 가까운 지인을 억누르며 숨도 자유롭게 쉬지 못하도록 다그치는 현실이 아프다. 상대를 언감생심 거짓 뉴스를 창출하는 시대가 안타깝다. 아니면 말고 확대 해석하면서 세뇌를 강요하는 세상이 불안하다. 국내에서 쫓아내는 것이 기득권이고 버려지는 사람이 묵묵 매진하는 범부(凡夫)다.

결혼하면 왜 분가하였을까? 처가는 멀수록 좋다는 말은 왜 생겨났을까? 그것은 시대상에 따른 덕담이다. 암도 같이 공생해야 된다는 현실인데, 지금도 기생충을 싹쓸이해 버릴까? 그건 공동 전선을 구축한 카르텔 전형이다. 선과 악을 구별하지도 못하고 음양도 분별하지 못하는 현실, 빛과 소금이 필요한 때다.

까마귀야 미안해

코스모스가 한창 흐드러지게 핀 가을 길을 달리고 있었다. 넓고 곧지 않으니 한눈을 팔지 말자고 조심 또 조심, 안 그래도 신경을 써야할 농로 2차선 시골길이었다. 그런데 눈에 번쩍 들어온 것은 줄 선 전깃줄에 새까만 무리였다. 아니 벌써 제비가 떠날 시간인가? 아님 떠날 시간을 결정하려고 모이는 총회였을까?

'제비가 왜 이렇게 크다니!' 하며 바짝 다가보니 까마귀였다. 한동안 보기가 보물찾기를 넘어 천연기념물에 버금하였었다. 반가웠다고 내미는 손을 거부하면서 일제히 일어나 빈 논으로 내려앉았다. 중요한 말을 하는 중이라서 방해가 되었다는 반응표현을 보였었나보다. 까마귀와 나 사이에는 불통의 언어였음이 분명하다.

어릴 적에는 간식으로 까마귀를 잡아먹자고 눈을 뜨고 돌아다녔으며, 근간에는 까마귀가 몸에 좋다는 풍문이 돌아 씨를 말린 이유였다. 하얀 눈밭에서도 까만 옷을 입고 드러내는 떳떳함, 내로라 뻐기지 않으며 항상 겸손을 보여준 행실, 산야의 벌레를 먹다가 궁하면 곡식을 먹을 수밖에 없던 새였다.

삼국시대에는 '금갑을 쏘라'는 말을 알아들었고, 이어서 조선시대에는 오작교를 만든 '측은지심'과 먹었던 것조차 꺼내어 드리는 '반포지효'를 가르치는 효심을 눈치 챘다. 근래에는 구렁이로부터 목숨을 주고받는 '의리와 보은'의 귀감까지. 사람들은 먼 나라의 언어에 열풍이지만 정작 가까운 이웃 까마귀의 언어는 문외한이라니! 그런 까마귀의 속마음을 읽지 못해서 미안하고 미안했다.

한참을 서서 쳐다보았다. 다른 차가 달려오면 혹시나 놀라 날아 갈까봐 조바심을 넘어 흥분이 솟구쳤다. 그러고도 또 시간이 흘렀다.

춘삼월에 온 제비가 돌아갈 즈음 돌아온 까마귀였다. 제비가 한 눈을 팔면서 날갯짓을 설레발쳤다. 날렵한 재주를 믿다가 곤두박질 당했다. 강아지도 막대기를 물고 도와야 할 농사철임에도 시간을 내어 다리를 고쳐주었다. 이듬해 빈손으로 오기가 뭣해서 흔하디흔한 박씨를 물어왔다. 보은. 익히 알려진 진실이었으면...

까마귀에게는 그런 실화가 드러나지 않을까? 그것은 텃새 까치가 독차지하려고 조작한 결과임이 밝혀졌다. 인가 위에 틀어 앉아 '까치밥'까지 통째 먹고사는 새가, 이미 우리나라를 떠난 철새를 두고 들먹이는 '오비이락'이라니... 까마귀는 애당초 빌미를 없애려고 뒤처리를 정리하고 떠난 신사였다. 벌써 도구를 활용하는 지능이 증명된 에티켓조였다.

코스모스가 지기 전에 떠나려나... 순수머릿결을 닮은 초지일관조. 내가 아무리 설명해도 까마귀는 못들은 척 떠났다. 미안하다는 말을 전해주지도 못했다.

쭈그러졌어도 우산은 훌륭했다

동요에 나오는 노랫말이 있다. 파란우산 검정우산과 찢어진 우산이 이마를 마주대고 간단다. 왜 우산이 세 종류나 나왔을까? 그것은 간단하다. 각자 형편에 따라 들고 가는 것이다. 그럼 그렇지! 누가 누굴 탓할 것도 아니다.

어느 여름날 아침이었다. 화창한 날씨에 만족하여 기분이 좋았다. 걸어가기도 차타고가기도 어중간 한 거리를 박차고 나섰다. 성경책을 끼고.

지인들이 모두 알고 있었던 것처럼, 나는 허가가 난 환자였다. 그래서 오늘 같은 날이라면 부지런히 걸어서 기초체력을 아니면 기본 보행이라도 건사할 생각이었다. 내 처지에 2km에 30분이라 조금 무리라 하더라도 무조건 도전한 하루였다.

그런데 예배가 끝나갈 즈음에 창을 두드리는 소리가 들렸다. 똑 똑, 아니 또옥똑 아닌가했더니 똑똑똑 그러다가 갑자기 천둥과 함께 붓는 비, 한여름의 소낙비가 들이닥쳤다. 아침에 맑았었는데... 지나가는 비, 곧 그치겠지...

그러나 예배가 끝나고도 그치지 않았고, 빗줄이 거세지면서 교회를 떠나는 사람들이 주춤거렸다. 마음속으로는 '제발 비를 멈춰주세요!'를 빌고 빌었지만 들어주시지도 않았다. 소원을 포기한 신도들은 차까지 뛰어가서 조금 맞으면 해결되니 비를 멈추는 소원을 들어주실 필요도 없었을 것이다. 짝지를 찾아서 우산을 같이 쓰면 되겠지... 당연지사. 그런 사람들이 떠나면 현 위치로 다시 돌아올 사람은 없다. 누가 나에게 우산을 같이 써줄 사람은 없다. 그 이유는 단 하나, 나는 차를 가지고 오지 않았기 때문이다.

어떡하나! 나는 환자인데 거센 비를 30분 맞다니! 정말 이럴 수가...

나는 구세주를 만났다. 동년배 신자가 나타났고, 나는 어려운 처지라며 구차하게 부탁한다는 말도 놓치지 않았다. 그러나 매물 차게 돌아섰다. 말로는 부드럽고 온화하게 그리고 교회일 때문에 지금 가야된다면서...

로비에 남은 사람은 한 명, 나. 교회가 남을 돕는 것이 원칙인데... 하염없이 빗사이로 뛰어가는 공상을 헤매다가 해결사를 만났다. 하나님이 우산을 들고 오실 수 없으니 메시지를 보내셨나보다. '형님! 여기 계셔요?' 6년 늦은 학교 후배, 그러나 교회의 장로가 형식상 집사에게 그런 말이라니! '우산이 없어서 차도 없고...' '알았어요. 차에 우산이 3개나 있어요. 금방 갔다 올게요!'

 '하나님 감사합니다.' 그 말밖에 없다. 한참 지나니 아무리 찾아도 없다면서 쭈그러진 우산을 들고 왔다. '그럼 나보고 어떡하라고..' 는 말도 못했다. 그러나 임낙찬은 '걱정마세요. 모셔드리면 됩니다' 말했다. '그렇지! 중소도시 도심이니 아무리 늦어도 그 정도는 되겠지?' '그럼요. 걱정마세요.' 한참 가는 중에 전화 통화내용. '임사장! 왜 이리 늦어?' '알아요. 금방 갑니다.' 나는 응원을 했다. '바쁠수록 천천히! 새옹지마.'

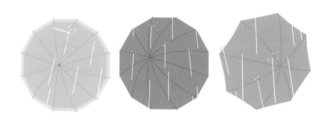

나는 지금도 초보운전

나는 오래 타던 차량에 한동안 '초보운전'이라는 스티커를 붙이고 다녔다. 지근거리에서 매일 얼굴을 보는 사람 중에 '초보요?' 라거나 '정말! 초보운전이에요?' 하고 묻는 사람이 있었다. 누구나 인정하는 나이가 되었으니 분명 초보는 아닐 것이라고 부언하면서도 의문감이 들었나보다.

나는 내 소유의 차량은 단 두 번째에 지나지 않다. 그러면 진짜 초보운전일까? 그러나 분명한 것은 간단한 주먹구구셈으로 된 세월이 아니었다. 면허증을 취득한 후 업무용 공용차량으로 익혔고, 본격적으로 전속 차량을 배정받아 업무는 물론 출퇴근까지 활용하는 특혜성에 편승하기도 하였다. 조건도 쉽게 2만평 부지 공장에 혼자라니 당연!

내가 오래 타고 다녔던 차에 마침내 공식문서로 이별을 통보하였다.

소유 첫차는 빨간 르망이었다. 여성들이 선호하는 색깔이었는데 나도 왜 공감했었는지 기억은 없다. 아내와 다짐한 구입 조건은 '최소한 10년'이라는 단서였다. 국가에서 10년 타기운동을 주창할 즈음이었다. 그러나 나는 국책보다 나 개인의 생각으로 '당연 10년'을 줄창해왔다.

1차 목표를 달성한 후 두 번째는 산타페였다. 그것도 한 일월드컵을 후원하는 외견은 금빛 그리고 내견은 골드라는 등급이었다. 사실 골드에 매료된 것이 아니라 언제 어디든지 갈 수 있다? 는 4륜 구동이 1순위였고, 어떻게든 찾아가는 칼라 안내가이드가 2순위였다. 더하여 CD음악을 들으면 0순위, 아날로그 칼라뉴스까지 볼 수 있다는 -1순위, 내리지 않고도 별을 셀 수 있는 선루프가 -2순위, 영화를 즐기는 DVD가 -3순위였다.

그러니 여기저기 다니면서 불편함을 느끼지 못했었다. 당시 시쳇말로 천연기념물에 애착이 들었고 더 같이하고 싶었다. 더 오래 탈 만하니 양심상 애국자가 되고 싶었던 결과로 이어졌다.

그러다가 꼬치꼬치 물어오면 '나는 20년을 채우지 못한 초보다'라고 답변하였다. 02년 02월 22일생 차와 19년 10월

10일 폐차 속의 시간상 공백! 조금만 버티면 초보를 면할 수 있었는데... 생각하면 지금도 콧등이 시큰해진다.

요즘에 '초보운전'이라는 명함을 내밀지 못하는 차를 만나면 난센스 퀴즈를 당한 기분이 든다. 어떻게 대답할까! 너무 길어서? 20년 목표로 정한 실수인가? 15년, 10년, 아님 5년 최소 2년이라도 내미는 배짱이 그립다.

생이별할 때는 빛바랜 스티커라 걸핏 구분하기도 힘들었다. 채우지 못하고도 초보를 면하는 속성코스였을까? 아님 새치기 세월? 월반 운전?

나를 터부시하던 사람이 있었다

　나는 평범한 직장인이었다. 그러니까 첫 직장을 얻었고 일편단심 충성하다가 마지막 직장에서 끝냈다. 이 정도라면 보통 사람들은 나를 행복하다고 여기는 사람들이 많을 것이다. 정말 그 말이 맞기도 할 듯하다. 요즘은 직장을 구하기 힘들고 버티는 것도 힘들어서 자신의 의지를 굽히면서도 견뎌내지 못한다는 현실이 안타깝기도 하다.

　행복한 주재(廚宰)에 터부한 사람 타령이라니? 정말 없는데 거짓말로 꾸민다든지! 아니다. 숱한 세월 속에 그런 일이 없었겠는가. 생각해보면 고비 고비마다 숨어서 돌연 듯 튀어나오기 일쑤다.

　나는 별에 야망이 없었다. 그저 충실한 직장인으로서 만족하였다. 그래선지 영입한 별이 낙하산을 타고 왔다. 수용하면서, 미리 알아야할 것을 설명해주었다. 나이 작은 낙하산은 처음부터 듣는 것 자체를 거부, 터부시하고 부정하며, 어깃장만 늘어놓다가 궁하면 계급으로 눌렀다.

몇 번째 반복하다가 나는 그저 마음대로 하라며 포기하고 말았다. 내가 퇴직한 후 3년 쯤, 그 낙하산이 떨어졌다. 사유를 물어보니 폐암말기. 아니 그럴 수가! 절실한 신자이며 아내와 함께 둘이 나서서 찬송도 부른다는 모범 신앙인이었단다. 삶이 단순한 그 것 뿐이겠나?

몇 년 후, 다른 지인이 먼저 갔다. 기업체 정년이 55세를 넘어 58세, 60세로 늘어나면서 오래 경험한 사람이었다. 나는 50세로 퇴직하였으니 정년퇴직이라는 특혜를 누리지 못하고, 기업체의 무지개만 안고 협력업체로 남았다.

그는 나를 오라 가라 불렀다. 당연한 의사표시! 수긍하면서 다소곳했다. 그러자 한 번은 나도 의사표시를 뱉었다. 사람을 그렇게 부른다니 말이 되냐? 직장인의 꽃이 아니라 '그저 평범한 사람인데 사람대우 좀 해 달라'는 주장이었다. 내 말을 듣자 '알았다'고 했으나 다음날 원위치 상태가 되었다. '오라 가라'는 단어는 손가락 하나를 꼽고 펴면 오라 가라는 뜻이다. 직급은 과장과 부장사이. 당한 것은 시쳇말로 똥개 훈련! 그러니 그렇게 하면 안 된다고 말했다. 그간 자기가 겪은 자격지심이었을까? 나는 그렇게 부린 적이 없는데... 30

년 이상 같은 솥밥을 먹었는데... 내 휘하에 온 적도 없는데...
눈만 보면 말 안 해도 알 정도인데...

상황을 아는 모 지인은 나를 따라 즉각 자진 퇴직하였다.
내가 먼저 별을 따고 이어서 자기가 딸 것이라고 믿었는데,
실망과 우려가 겹쳐 모멸감을 느꼈다고 말했다. 나는 극구
말렸다. 나보다 1년 늦은 입사로, 고락을 나눈 기업총수에
대한 실망이었다고 실토했다. 선의의 경쟁으로 성장하면서
버텨냈다가 꺾고 말았다. 이는 나를 저주한 사람이 아니다.
나도 서럽게 공감했다.

분만실에서 두 번 호출한 대통령

어느 날 저녁, '나홀로'는 비몽사몽 순간 핸드폰소리를 듣고 깜짝 놀랐다. 이 시간이라면 '혹시!' 다급한 사유가 있는지 열어보았다. 얼마나 급했던지 아무런 문자도 없이 사진딸랑. 이어서 다른 한 장을 또 보내왔다.

신혼이라서 둘이 찍은 사진은 당연, 두 번째 사진은 낯익은 사람과 함께여서 반가웠다. 배경은 하 많은 사람들이 등장하였고 칠흑을 밝히는 촛불도 사람만큼 보였다. 알았다! 그런데 뭐가 그리 바쁘냐고 짜증내려다가 '아! 잘했다. 빨리 들어가라'는 문자를 보냈다. '내일 출근해야하니...'라는 사족은 생략하였다. '어린 나이도 아닌데 어련하려니'라는 말은 사족에 끼지도 못한다.

보통 사람들은 대통령에 얽힌 내용에 솔깃 한다. 모든 사람이 하루라도 아니면 한 시간이라도 대통령이 될 수 없기에 특별한 인연은 맞다. 그러나 사진의 제3 인물은 당시 대통령이 아니었는데 무슨 인연인가 의구심이 남는다.

3년이 지났다. 나는 고향에 살고 있는데 '감히 부모를 불러올리다니...' 서울에 가야만하는 일이 발생하였다. 임신 중인데 입원할 정도니 와서 도와줘야 한다는 전갈이었다. '얼마나 급했으면...' 딸을 걱정하지 않을 수 없었다. 부모의 다 같은 심정이 들어 '어서 가봐야지'라는 응원도 받았다.

딸을 앞세워 병원 다니는 것이 주 임무였다. 그럼 사위는? 고위직도 아니라 갑작스런 인사이동으로 주말부부가 생겼고 내 몫으로 처졌다. 그것도 경찰이나 소방은 물론 직업군인을 떠나 특정업무라서 격지파견이 불가피하였다. 법에 주어진 휴가도 마음대로 챙기지 못하다니 좀 그렇다는 생각이 드는 직업이다.

그런데 딸은 출산예정일을 받고 고백하였다. 지난번 사진에는 악수하는 모습이 없었는데, 꿈속에서는 딸이 대통령과 악수를 했단다. 태몽을 누가 뺏어 갈까봐 함구이었을까? 복권을 샀더라면...

다섯 째 공주가 터를 판 덕에 대를 이을 아들을 얻은 후 애지중지 길러낸 가정에 들어가서, 결혼 6년차에 출산이라니... 그간 얼마나 많은 고생이 심했을까? 몽매 그리던 사위가 다시 복귀한 것은 파견 후 채 2년도 지나지 않은 절호다. '아! 정말...' 이것이 기적 아니 로또였을 것이다. 복권을 샀더라면...

딸은 2020.02.03. 오전 7시경 분만실 갔다가 8시쯤 입원실로 돌아왔고, 9시가 되자 다시 분만실로 갔다. 정해진 기간을 채우지 못하고 10시를 지나 출산하였다. 의사가 정해준 수술예정 시각인데 왜 이런 일이 벌어졌을까?

단 1분이라도 더 크고 나오라며 고의 지연인가? 쌍둥이의 성별과 성격이 달라서 심한 입덧 후유증에 산모입원 권유를 거부하며 견뎌냈지만, 갓난이는 시대가 변한 '0세부동석'에 따라 분만실도 따로따로 가고 싶었겠지...

그 때 복권을 샀더라면... 돈과 생명을 바꿀 것인가! 또 진한 농담을 던진다.

45년 숨겨온 불효자의 독백

부모님이 돌아가시면 자녀는 불효자라는 말도 있다. 오래된 유교의 개념에서 시작된 내용이다. 신체발부 수지부모... 아버님이 돌아가신 지 정확히 20년, 나는 불효자의 대열을 벗어나지 못한 채 남았다.

'오늘은 D-123'이라는 단어를 접하니 전염병 코로나19 때문에 2020 도쿄올림픽이 이루어질 것인지 미룰 것인지 혹은 취소될지가 세계의 화두로 떠올랐다. 한국에 대해서는 무관심, 막무가내, 기만, 거짓말, 무시, 혐한의 주연 일본, 오늘도 세계인의 경기력을 빌미로 잇속셈을 숨겼다. 잠잠한 나를 헤집는 123이라는 숫자, 망령을 업고 해묵은 회군(回軍)이라니... 막심한 불효자의 후회로 사무친다.

45년 전에 이실직고했어야 맞는지, 항변하며 따지는 것이 정답인지도 판단하지 못했었다. 고등학교 2학년 때, 아버지께서 성적표를 보시고 '이게 뭐냐?' 하셨다. 나보다 먼저 보셨으니 자식에 대한 실망감이 묻어난 것으로 해석되었다. 나도 그럴 리가 없다고 생각했지만 확인해보니 '123등'이라는 글자가 콩깍지를 씌웠다. 뒤집어보아도 123등, 거꾸로 보아도 123등, 콩까지를 씻어 보아도 123등이 틀림없었다. 눈앞에 어물어물하다가 현기증이 일었다.

믿지 못하다면서 재확인하였지만 아무런 반응도 내지 못했다. 그때 '죄송해요!' 한마디 했더라면 만사 해결이었을 텐데... 대화가 없으니 '이렇게 할 거면 그만둬라!' 역정을 내셨다. 자식을 위하여 모든 것을 주시고 보살피는 부모 입장에서는 맞는 말이고, 남고 넘치는 당연지사다. 그런데 내 한마디 일성(一聲) '일만 했으니 언제 공부했대요?' 피가 거꾸로 솟는 반항(反抗)이었으나, 도끼를 들고 덤비다가 대못을 박는 역성(逆成)을 저질렀다.

한순간 냉전이 엄습했다. 잠시 후 일상을 되찾았고, 학교에서 돌아온 뒤 '일하라'는 말은 없었다. 물론 그 전부터 그 후까지 변함없이 동일, 그리고 묵묵히 일을 도와드렸다. 그리고 다음 시험에서는 예전을 회복하였다.

왜 그랬을까? 왜 그랬을까? 지난 성적표와 이번 성적표를 비교 분석해보니 별다른 곳이 없었다. 국어, 수학, 영어, 물리, 생물, 화학 등등 진폭도 없이 골랐다. 지난 시험이 얼마나 어려웠는지 다시 따져보아도 불가사의다. 100명을 훨씬 넘게 오르락내리락했다는 원인을 분석하지 못하고 포기했다. 신빙성이 꼬꾸라진 종잇조각을 덮는데 작은 숫자 하나가 들어왔다. 생소한 단어 '3.0/4.5'

급한 마음에 과목별 점수를 계산하고 평점을 내보니 역시 달라졌다. 담임선생이 수학 담당인데 초미니 숫자를 더하고 나누는 계산도 못하다니... 따지려다가 이미 회복되었으니 '무슨 상관이겠냐!'고 참았다. 나만 감수하면 담임과 동료들이 얼마쯤 고통을 겪지 않아도 될 것인데... 후회는 오로지 아버지께 '명예회복감'을 드리지 못한 점이다.

'죄송해요!'

검사동일체의 특혜 맛을 보았니?

검사동일체는 검사끼리는 한 몸이라는 말이다. 내가 알고 있던 것은 부부가 한 몸이라는 것뿐이었는데 나이가 들다보니 검사끼리도 한 몸이라는 것도 알게 되었다. 부부가 이혼하면 남이 된다던데 검사도 이탈하면 남이 될까? 모르겠다. 그래서 좀 더 알아보니 검사 수장의 지시에 따르는 것이 정의란다.

검사동일체의 원칙은 전국의 검사들이 검찰권을 행사할 때에 검찰총장을 정점으로 상하 복종 관계에서 하나의 유기적 조직체로서 활동한다는 내용이다. 검찰 사무의 신속성, 통일성, 공정성을 위한 것이라고 전한다. 그런데 관점이 다르거나 수사 포인트가 잘못되었더라도 미루거나 항명하면 안 된다는 말로도 해석된다.

그런데 문제는 검사 혼자만 수사하는 것이 아니라는 점이다. 어느 수사기록을 보면 방대하여 놀랄 정도다. 물론 유능한 인물이라서 단시간에 그런 일을 해냈겠지만, 오타 없이 완벽하게 기록해 놓았을까? 아니다. 군인이 아닌 조력자에게도 상명하복을 강요하며 지시가 아닌 명령을 내렸을 것이다. 항명하는 검사가 있는지 거역하는 조력자가 없는지 그것도 알 수 없다. 남는 것은 본인의 양심뿐!

어느 날, 수사기관이 들이닥쳤다. 이른바 압수수색이었다. 처음 보는 신분증을 비춰 주는가 싶더니 '모두 동작 그만!' 하면서 컴퓨터와 서류를 싣고 갔다. 수첩은 물론 작은 메모지도 남기지 않았다. 공용 자동차와 개인 자동차도 들쑤셔 놓았다.

나는 예상한 일이었다. 동종 경쟁업체에서는 이미 다녀갔다는 귀뜸 듣고, 덤덤히 받아들인 결과였다. 종이 한 장도 컴퓨터 파일 하나도 수정하지 않았고, 숨긴 것도 없었다. 수사관도 알고 있듯 가정은 노터치였다.

나는 모든 일을 깃털로써 처리했다. 오너에 충성하는 임무와 국가와 국민을 위해서 한 점 부끄럽지 않도록 노력했다. 고발이나 고소도 없었으나 수사가 이루어졌다니! 이른바 기획 수사였다.

내 생각으로는 수고에 대한 보답을 기대하면서 한 줄이라도, 건 수를 채웠을 것이다. 사사건건 이현령비현령. 호소력은 없어지고 의도만 남는다. 오너는 기업의 생존이라고, 누구는 고령이라고, 월급 조력자는 주도한 실무자라고? 과장 주제에! 9회 말이니 급하면 꿩 대신 닭을 대타로 쓰겠지!

97년 6월 21일 저녁. 구속영장이 발급되던 날, '이 사람에게는 수갑 채우지 마!'라는 말이 들렸다. 눈이 깜깜해졌는지 지인은 한 사람도 없었다. 호송차에 오르는 순간까지 1분 남짓한 특혜? 아니다. 호송자는 순순히 따랐다. 동일체 따라 억지 피해자를 만들었으니 미안하다며 셀프 양심선언이요 셀프 면죄부다.

전무후무한 항명인가? 순명인가? 그러나 나에게 돌아오는 보답은 없었다. 나는 특혜를 누린 범털이 아니라 범부에 속하지도 못했다. 지나는 개털 편에 서고 말았다. 이것이 속은 함구 항명이었을 것이다.

내가 받은 전별금

살다 이별하고 헤어지는 것이 다반사니 이별의 증거로 잊지 말라며, 어느 정도의 돈을 준다는 말이 있다. 정리(情理)로 정리(整理)하는 이론이 타당하다는 생각도 든다.

일견, 목사에게 퇴직금이나 전별금을 주지 않는 경향도 있다. 따진다면 목회자의 본분에 맞는 것 같으나 실상 다른 예가 많다. 떠나는 사람이 받지 않겠다고 공표했단다. 확인해 보니 그만큼의 혜택을 모두 받았다는 말도 들린다.

왜 이리 복잡할까? 받을 금액이 많다 보니 세금이 아까워서 그렇단다. 목회자라니 이중적 사상!. 만약 내가 그 상황이었더라면… 나도 이해는 간다. 내가 다녔던 교회 중에서 정년퇴직을 맞아 20억도 넘는 퇴직금이 있었다. 그래도 공식 퇴직금을 받았으니 맞기는 하다.

근무하는 곳에서 다른 곳으로 전출하면 생소함과 새로운 업무에 피곤해질 수밖에 없다. 거기다가 적응기의 팍팍한 삶과, 구입하는 물품 등 소소한 비용이 필요하다는 명목으로 지원한다.

그런데 나도 전별금을 받아보았다. 내가 근무한 세월은 10년 남짓, 아직 신출내기 때 일이었다. 업무상 전출에 누구든 보내야 한다면 반드시 가장 적임자가 있기 마련이다. 전출지에 연고를 둔 사람은 나 혼자이었고, 고향으로 가고 싶어서 자청한 사람이었다. 게다가 군대와 회사에서 경험을 쌓은 유일한 적임자였다. 내 생각으로, 내부에 없다면 외부에서 영입하여 투입하는 것이 차선이다.

내가 받은 전출금은 돈이 아니라 이사하는 운송용 트럭이었다. 당시는 이삿짐 제도가 성행하지 않아서 그냥 인력으로 나르는 고된 방법이었다. 단출한 살림인데 4.5톤 트럭을 2대나 지원받은 일이다. 당시 트럭 운임은 대략 7,8만 원 수준으로 기억난다. 속셈해보면 내가 받은 금액은 상당해서 미안하기도 했다.

그런데 따지고 보니 화물이 적어서 그냥 빈 차로 돌아오는 예가 많아서 울며 겨자 먹기로 운행하는 차가 많다고 들었다. 그러면 미안할 정도는 아니겠지! 아니다. 빈 차로 온다면 처음부터 가지 말아야 맞는 말이기도 하다.

그런데 나에게 왜 전별금을 주었을까? 그것이 문제다. 사실 2대라고 듣자 바로 가서 따졌다. 한 대도 고마운데 두 대는 과잉에 뇌물이라고. 그런데 지원한 업체는 극구 고수하면서 부탁하였다. 수혜자인 나는 도대체 무슨 일이냐고 이유를 물어보았다.

지금처럼 발주자가 직접 협력업체를 지원해준 수혜를 받은 적이 없단다. 하청 업체의 회식 장소에 나타나 식사비 14만 원을 대불했으나, 금액은 물론 응원과 격려하는 호의도 따질 수 없다고 말했다. 생전 처음이라니 그럴만하겠다. 그럼 내가 예측하여 연막을 쳤을까? 설령, 그랬다 치더라도 협력업체가 상생하는 정답일 것이다.

달챙이를 보았나

어머니는 보릿고개를 넘으셨다. 내가 처음부터 끝까지 지켜드리지 못해서 죄송하지만 대충은 알만했다. 내가 초등학교 다닐 때, 마당에 티끌이 있다면 저녁밥 먹기 전에 쓸고, 밤새 눈이 쌓이면 아침 일찍 일어나서 쓰는 것도 거들었다. 식수가 부족하다면 물동이를 지고 오는 것을 도왔다. 아궁이에 짚풀을 여미면 내가 때는 차례라는 것을 알았다.

여름에는 보리를 한소끔 끓였다가 대 보퉁이에 담아 걸어 놓는 것도 알았다. 보리는 처음부터 논스톱으로 밥을 하는 것이 아니라, 한 타임을 주고 쌀과 함께 섞어 밥을 하는 것이 정석이었다. 이때 쥐와 고양이가 빼앗아 먹어버린 것을 한 번도 기억이 없다. 아마 도둑도 보리밥은 뻣뻣하다며 먹기 싫어했을 것이다. 요즘 별미로 먹는 보리밥도 두 번 재치는 것이 정설이다.

밥을 짓다가 한바탕 밥물이 끓어오르면 직접 물방울을 세어보다가 멈추는 것도 요령이다. 한눈을 팔다보면 뜨거운 가마솥 주변의 수증기가 말라버려서 가늠하기가 힘들다. 가마솥에서는 더디 끓고 더니 식으니 그것을 조절하는 것이 기술이다. 그러다가 어머니께서 나에게, '10분 지나서 다시 때라' 하고 지시하셨다.

그러나 나는 '10분?' 시계를 보고 정확히 세는 것도 아니니 대충 짐작하고 불을 땠다. 수증기가 얼마나 나올 때까지 때야 되는지 언제 꺼야 되는지 몰라서 불안함도 들었다. 어머니께서는 정지에서 나가셨으니 언제 돌아 오실지도 모르는 오리무중이었다. 한편으로는 손오공처럼 나타나셔서 '동작 그만' 이라고 하시겠지 생각하였다. 그래도 부엌으로 들어오시지 않았다. 나도 불 때기를 멈췄다.

여기 있는 짚풀을 다 땠으니 더 가져다 때야 되는지, 이제 멈춰야 되는지, 궁금하면서도 불안해졌다. 먹을 밥이라 하지만 여름에 뜨거운 불을 때는 남자 아이가 얼마나 알 것이며 얼마나 부엌일을 도울 것인지는 묻지 않아도 기정사실이다.

한참 뒤에 어머니께서 정지에 들어오시자 나는 불안함에 '불 다 땠어요!' 하고 보고하였다. 그러자 어머니는 '그럼 됐어!' 한마디로 마무리하셨다. '너는 불을 잘 때는 남자 아이'

로 들렸다. 어머니께서 이미 정해진 불쏘시개를 주시고, 무사히 때고 나면 임무가 완수한다는 정해진 조건명령이었다.

불을 제치고 나서 한소끔 더 쉬었다가 밥을 푸는 과정이 남아있을 뿐이다. 커다란 가마솥에는 바닥에 차지도 못하는 솥밥이었다.

어머니는 '달챙이를 찾아와라' 하셨다. 달챙이? 한 번 더 생각해보아도 생소하다. 아니 달팽이집 대문 사촌인가? 꾸어놓은 보리 포대처럼 서고 말았다. 어머니는 '아직 왜 그래? 깜밥을 긁는 닳아빠진 것 찾아와' 하셨다. 어머니는 내가 어디 있는지 몰라서 못 찾은 것으로, 나는 몰라서 못 찾아서...

그랬다. 달챙이는 최소 10년 이상 버텨온 몸 고생, 보릿고개 동반자였다.

대리 설거지

예전에는 찬물로 설거지를 했다. 이미 지난 얘기다.

어머니도 찬물 설거지를 하셨고, 찬물 빨래도 하셨다. 개울에 나가서 하시지는 않았지만 그것으로도 만족하는 삶이었다. 지금은 민속화나 풍속화에서 만나는 정도로 변했다. 감사한 세상이다. 그런데 이 세상에 찬물 설거지를 체험하다니 웬 말인가!

나는 어머니의 실세를 다 읽지 못해서 후회하다가 반성하고 통곡했다.

명절에 만나는 사람들이 즐겁다며 반가워한다. 먹는 것도 즐겁고 먹이는 것도 행복이다. 위로하고 격려하는 것도 만족이고 빼앗아 먹는 것도 만끽이다. 비용이 들어가도 자처

한다는 세상살이인데 남는 것이 하나 있다면 무엇일까? 설거지다.

설거지를 시작할 때부터 최종 마무리할 때까지 얼마나 긴 고통의 연속이었을까? 누구는 만들고, 누구는 먹고, 누구는 놀고, 누구는 물 가져오라고 하고, 누구는 술상 차리라고 하고, 누구는 안주 올리라고 하고, 누구는 화투놀이하고… 누구는 울고, 누구는 치우고.

즐거운 명절을 마치면 끝이다. 다시 기억하기 싫은 명절로 남는다. '명절 이혼' 단어가 생겼다. 기억을 지우고 싶은 명절로 남는 현실이다.

나도 어머니의 설거지를 기억에서 더듬어보았다. 내 기억에 지우고 싶은 설거지를 떠올렸으나 보이지 않았다. 아마 슬픈 설거지가 알아서 기억을 밀어냈나 보다.

나는 설거지를 해보았다. 세제가 독하다고 당연 반대하는 사람은 아내다. 나는 어머니의 설거지를 기억하면서 무장갑으로 설거지를 했다. 개울에 갈 시간도 없고, 갈 개울도 없으니 그나마 감사요 행복이라는 생각이 들자 무대책이 최선이다. 그저 찬물을 막고 퍼내기 식으로.

내가 체험한 기간은 동지부터 입춘까지, 짧지만 힘들었다. 근력이 없어서 힘든 것이 아니라 느끼는 고통이 정말 힘들게 했다. 나는 참고 참았다. 내가 자초한 일이니 후회하며 번

복하는 것이 내키지 않았다. 가장의 책임으로 남편의 도리로서 고통 체험이었다.

첫물은 얼음을 깨고 손을 담그면 얼음손이 될 정도로 차갑지만, 참고 참으면 다르다는 감도가 느껴진다.

어머니는 찬물 실전 설거지였다는 것을 느낀다. 한겨울의 아침은 내 담당이었다. 아내는 극구 부인하였지만 나는 온수는 절대 사양하고 내 몫을 고수하였다. 거기에도 요령이 있다.

중얼거리며 참고, 노랫말을 흥얼거리며 참고, 짬이라도 운동하며 참고, 물방울을 세어보며 참고, 참으며 참았다.

그러나 최종 선택은 어머니의 고통을 기억하는 목적이었다. 문고리가 철거덕 들어 붙었던 시절은 무척 추웠다. 추운 육체에 쓰린 마음을 더하면 설움만이 남았을 것이다. 어머니를 회상하면 나는 지금이 곧 행복이라는 것을 인증한다.

아내들이 싫어하는 설거지를 나는 싫어하지 않는다. 그저 내가 아내를 행복하기를 바라는 심정으로 설거지를 한다. 그리고 어머니의 심정을 헤아리려 설거지를 한다. 자녀에게 전해주는 기억을 남겨주고 싶어서 설거지를 한다. 그러나 공감하는 성인이라면 타인에게 고통으로 다가 오는 경우도 있다.

아내가 바라보는 남편의 찬물 설거지는 원치 않는다. 오로지 최대공약수를 바라는 것 뿐이다. 이것이 우리의 공감이다. 어머니가 살아계신다면 최대 공감일 것이다.

두부에도 격이 있다

시내에서 높은 산을 올랐다가 밑에 줄지어 선 식당에 닿자 가벼운 점심을 찜했다. 순두부, 연두부, 생두부, 튀긴두부, 두부찌개 등등 손쉽게 먹을 수 있는 재료이면서 대부분 선호하는 음식이었다. 두부는 콩이 변한 가공식품이면서 모양과 성질이 바뀌었다.

그러나 주의할 것은 차갑게 하거나 딱딱한 고체로 만들면 먹기가 곤란하다는 것뿐이다. 차가운 두부는 맛이 밋밋하면서 퍽퍽하여 넘기기 쉽지 않고, 부드러운 두부를 오래 보관하려고 딱딱하게 말려내면 자칫 이가 부러진다. 극단적인 저장용 취부(醉腐)와 모두부(毛豆腐)도 있다.

순두부와 연두부는 굳기 정도에 따라 구분하는데, 물을 빼기 전이 순두부이며 손으로 들 정도면 연두부다. 조금 더 굳히면 건두부로 변한다. 도긴개긴.

나는 생두부를 모판 상태로 주문하였다. 다른 맛을 첨가하지 않은 순수고유의 맛을 음미하는 주의자이다. 비빔밥에 나오는 것만으로 비비고, 순대국밥도 새우젓을 더하지 않는 상태로, 튀김도 간장에 찍지 않고, 탕수육에 소스가 없어도 만족한다. 강한 첨가물은 원래 맛을 덮어서 느껴내지 못한다는 이유였다.

그런데 일행 중 한 사람이 '통째라니. 교도소에라도 갔다 왔냐?'라는 우스개를 던졌다. 순간 나는 고드름이 되어 엉거주춤하고 말았다. 뭐라고 말할까? 어떻게 말할까? 그러자 친구가 물었는데 어떤 대답을 하여야 한다는 교사 친구가 말했다. '갔다 왔잖아! 얼마 전에' '정말?' 그러니 무슨 말이든 가려서 해야지' '무슨 일로?' '따지지 마! 당사자는 십자가를 졌어' 더 말은 이어지지 않았다. 음식을 다 먹고 계산할 때까지.

두부는 영욕(榮辱)을 넘어 무조건 매도하는 자격을 가졌을까? 두부가 어떤 말을 할까? 먹어 소화된 두부가 어떤 지령을 내릴까? 부드러운 순두부나 연두부, 판두부 사이에 무슨 관계가 있을까? 내 개념에는 다른 점이 전혀 없다. 부실한 영양실조라서 콩밥 먹으러 간 사람도 없다. 밭에서 나는 쇠고긴데, 그 콩으로 발효된 두부는 사람을 개조하는 인위

변종일까?

　연이 꽃을 피우면 연꽃인데 불교에서는 이른바 중생을 구제한다는 의미란다. 진흙탕에서 자라는 연(蓮)인데도 불구하고 깨끗하며 우아한 형태를 지녔고, 연꽃이 현재의 생애와 다시 태어나는 윤회 내세를 새롭게 펼친다는 해석이다.

　두부는 발효된 완전식품이기도 하다. 영어(囹圄)에 들면 식습관이 변하고 출감(出監)하면 다시 적응해야 한다. 그래서 소화가 잘되는 부드러운 두부가 필수불가결로 등장한다. 흰 판두부를 한입 베물면 쉽게 무너지는데, 기저는 지난 허물을 일거에 물어 끊는다는 전체적인 배경을 깔고 있다. 이른바 투전판을 벗어 깨끗하게 손을 씻어 새출발하는 기대감이다. 두부와 연꽃은 인격을 번역하는 물격(物格)을 지닌 동의어가 맞는 듯하다.

먹는 맛의 참맛

중소도시의 소규모 호텔에서 행사를 마쳤다. 약 100명 남짓 참석하였고, 목적은 학생들에게 장학금을 지급하는 절차로 치렀다. 수혜 대상자는 유치원생 4명과 초중학생 4명이며, 각자 50만 원 수준으로 진행하였다.

식전에 초기부터 한약방을 꾸려왔으며 학생 교육을 목적으로 학원 재단을 운영하시는 분이 건강 관련 특강도 해주셨다. 본론에 들어가자 개회식이 있었고, 이어서 장학금 수여 순서로 진행되었다. 그리고 축사, 그 다음은 폐회. 물론 저녁 식사 시간이 되었으니 모인 김에 같이 먹고 가라는 음식도 대접하였다.

수혜자가 8명인데 객은 92명으로 구성된 식사라니, 어쩌면 내 잔치에 숟가락을 얹혀놓고 불러낸 장학금인가 하는 생각도 든다.

그런데 따지고 보면 복잡하다. 학교가 개학 되기 전에 이루어졌어야 하는데 코로나19 때문에 지연되고 늦어지고 미뤄지고 등등 어수선한 시기였다. 유치원은 학생보다 보호자가 더 많았고, 초중생은 축하해주는 동료도 있었다.

거기에 장학금 재원을 조달하는 주최자는 모두 회원이었다. 회원들은 정기 총회에서 결정하는 장학금 지급 문제로 토론과 식사, 그리고 행사장을 돕는 일도 겸해서 인원에 대한 이론이 없다고 본다. 그 회는 관의 개입이 없는 일반 회원 단체로 구성되었기 때문에 반론이 없다.

지정석으로 안내하는 도우미는 기본이며, 코로나19 때문에 마스크 착용에 대한 지원과 체온을 측정하는 특별한 행사라서 세심한 행사로 여긴다.

그런데 음식을 먹는 사람들은 온통 맛있다는 반응 일색이었다. 내가 먹어봐도 맛은 있었다. 달짝지근했고 씹는 맛은 끝없이 부드러웠다. 삼키기도 전에 저절로 넘어갈 정도라고도 했다. 나는 이런 것이 처음 먹는 맛인가 생각되었다.

그러나 나는 먹는 맛이라는 것이 좀 특이하다. 씹어야 하는 것은 씹는 맛, 술술 넘어가는 것은 그저 넘기는 맛, 혓바닥 맛을 보고 음미하다가 씹어 먹어야 하는 것은 그런 맛도 있다. 오로지 내 입맛으로는…

그런데도 내가 맛있다고 말한 이유는 별도 있었다. 내가 축사로 나서면서 거론한 것은 독립운동과 일본이 국제규정을 무시한 수출금지를 딛고 탈일본에 성공했다는 것, 대한민국이라는 나라가 복되고 풍요로운 나라라는 것, 거기에 보존하고 후손에게 물려주자는 내용을 담았다.

행사의 축사는 다 그렇고 그럴 것이다. 그래서 내가 웅변조로 관심을 모아내 호응을 유도하였고, 감사와 배려, 위로와 칭찬으로 마무리하였다. 듣는 청취자도 모두 공감했고, 바로 폐회가 되자 그 분위기가 식사로 연장되었다고 여겨진다. 그러니 먹어야 느낄 맛이 먹기 전부터 맛있다고 생각하는 것이 정상 아닌가?

시장이 반찬이라는 진리와 분위기가 맛이라는 정답이 어우러지면 금상첨화 아니겠나!

무지가 만든 씨앗

전 직원이 35명 쯤 되었을 때, 일요일도 출근을 했다. 그런데 현장을 확인하는 도중 처음 보는 얼굴이 있었다. 공장 현장이라면 위험하다며 관리를 해야 한다. 신입 주제에 무슨 말을 하겠느냐마는, 외부인이 왜 현장을 왔다 갔다 하느냐고 따졌다. 무슨 사고라도 일어나면 누가 해결해주겠느냐고 나무랐다.

그는 나에게 '이름이 뭐요?' 물었고, 나는 '○○○입니다'라고 대답했다. 그러자 바로 '한형!' 하며, 회사가 궁금해져서 왔다고 말했다. 나는 무단출입은 회사가 책임을 안 진다며 조심하라고 당부했다.

이런 일이 있은 후, 최고 경영자에게 보고했다. 그러자 그 사람이 외부에서 영입한 상무라고 했다. 내가 실수했었다면 어떻게 해결할 수 있을까 고민되었으나, 당당히 그리고 정당하게 대우했다며 떳떳했다.

몇 년 후, 전무실에서 나를 불러들였다. 가보니 내가 대리에서 과장으로 승급했다며 축하한다고 말했다. 그 과정에서 이번 차장으로 내정된 사람이 나를 천거하여 과장이 되었으니 잘 모시라는 말을 들었다. 하긴 어느 정도 맞는 말은 되겠다.

그 말을 한 김에 차장이 공사를 겸직하게 되었으니, 내가 잘 보필하라고 부탁을 했다. 나는 그럴 수 없다고 말했다. 내 말을 들어주지 않으면 내가 공식적으로 반대하겠다고 항의하였다.

전무의 얼굴이 붉으락푸르락했다. 과장이 전무의 명을 어겼으니 항명 중의 상항명이라고 믿었나보다. 그 상태로 시간이 되자 모두 퇴근하였다.

그날 밤, 12시에 비상을 걸었다. 과장 이상 전 간부를 전무 자택으로 소집하였다. 나만 빼놓고. 벌어진 일은 알고 있어야 한다면서 조용히 말한 동료가 김병주였다. 내가 항명하였고, 상급자를 무시했고, 지시를 따르지 않은 파렴치요 배은망덕이라고 했단다.

이 말을 듣자 더 이상 따질 이유도 없고, 재항명을 해보아도 해결이 안 될 것이라고 생각했다. 그래서 더 이상 소통하지 않겠다고 다짐했다. 세월이 약이라더니, 시간이 흐르자 앙금이 희석되었고 잠시 기억을 접었었다.

몇 년이 지난 뒤, 불현 듯 떠오르는 기억이 솟아올랐다. 내가 배은망덕이라고 했겠다! 그럼 너는 배은망덕이 아니겠냐? 바로 내로남불이다. 그러나 지난 일을 들춰서 개판을 만드는 것이 정당하느냐는 의문도 들었다.

사건은 간단하다. 신입사원 때 현장에 불청객이 들락거려서 내가 제동을 걸었었다. 왜 남의 회사에 허락도 없이 나타나서 돌아다니느냐고 시비를 걸었다. 내 말이 정당하여 당시 상무 내정자가 수긍하면서 바로 저자세로 돌아선 일이었다.

내가 조금 심했나 하는 생각이 들자 미안한 감도 들었다. 그런데 몇 년이 지나자 상무가 아직도 상무란다. 그래서 아직도 사원인 나는 최고 경영자에게 무례하게도 건의하였다. 상무 내정자가 아직도 상무라니 너무 한 것 아니냐고 따졌다. 그러자 CEO는 무색했는지 한참을 멍 때리고 아무런 말을 하지 못했다. 아마도 전무 승급에 대해서 전혀 생각조차 하지 않았는데, 사원 주제에 그런 건의를 하다니 하며 속이 뜨끔했었나 보다.

2년 후 아니 만 1년이 지난 후 승급 시기에 전무 승급 공고가 떴다.

나는 전무에게 그런 일이 있었다고 얘기한 적이 없다. 주위의 간부들에게도 전혀 소문내지 않았다. 내 생각으로는 전무의 유권무과(有權無埤), 내로남불이었다.

새치기? 나도 해봤다

원래 새치기라는 말은 일이나 줄의 순서를 어기고 남의 앞자리에 끼어드는 일을 뜻한다. 둘 사이에 중간으로 넣어 자리를 차지한다는 말이다. 그러니까 다른 사람들과 함께 만족할 만한 행동을 하지 않고, 내 주장만 믿고 남의 권리를 침해한다. 그러면 나도 새치기를 하고 있는지, 새치기를 했던 일이 있는지 돌아보게 된다.

사실 사람은 누구든지 완벽한 사람이 없으니, 조심스럽게 돌아보며 반성하는 계기로 여겨지면 좋겠다.

나는 새치기를 한 적이 많다. 그 대표적인 내용은 바로 머리카락이 희끗하다는 예다. 젊었을 때부터 머리카락이 새까맣지 않아서 나이가 든 것처럼 보였다. 그래서 나를 보고 '형!'으로 불렀다. 굳이 나이를 따지지 않아도, 그저 언뜻 보기에 나이가 든 것처럼 느껴져 만만한 호칭으로 통한다.

머리카락도 형태와 색이 유전의 영향이 크다고 알고 있다. 부모님 대에 혹시 그 위의 할아버지 대에 머리가 희끗했었다면 인정한다. 그러나 내가 알고 있는 세대에는 희끗하지는 않았다. 혹시 까만색으로 염색을 하였었나? 아니다. 그대에는 머리 염색약이 없었다. 설사 염색약이 나왔다고 하더라도 일부러 비용을 지불하면서 염색하지는 않았다.

내 생각으로는 내가 새치기를 한 결과라고 여긴다. 머리카락이 희끗하려면 나이가 든 것처럼 보여지고, 머리에 든 것도 노련해져 보이라고 검은 머리카락을 밀쳐냈다고 생각했다. 다시 말하면 겉멋이 아니라 속멋이 희끗하게 드러난다는 의미다.

내가 가면 상대는 주춤하다가 '한형!' 부르고, 드물게 만나는 동년배는 아예 말을 걸기를 망설이기도 하였다. 이것은 겉으로 드러나는 나이멋이다. 그럼 머리에 든 속멋은 어땠을까? 아마도 속멋은 아직 차지 않아서 조금 더 채워야 할 것이다. 그러나 오래 지켜본 지인들은 속이 깊다고도 했었다. 당최 분간을 할 수 없었다고 하더라도, 대체로 젊은 어른이라는 말일 것이다. 더 빠른 시간에는 애어른이라는 말도 들었다.

나는 미리 어른 연습을 해보았을까? 기억은 없다. 내가 본

부모님을 따라 행동하는 습관밖에는 없다. 보릿고개를 대신 넘어 주신 부모님께 감사하여 보은하려고 노력하였다. 내가 생각하는 것만큼 은혜를 갚지 못하더라도 노력했었다. 지내고 보니 그것은 바로 미흡한 과거라는 자책이 든다. 이것도 애어른이 아직 더 차지 못해서 미완성이라는 증거다.

다른 사람들은 어떨까? 나는 모른다. 남의 생각과 형편을 알지 못해서 섣불리 말해서도 안 된다. 남의 인생을 평가하거나 폄훼하는 것은 절대로 안 된다. 그 사람의 능력과 그 사람의 보은을 받을 사람의 능력이 다르기 때문에 속단해도 안 된다. 다른 사람들은 각자 다른 분야에서 탁월한 능력을 발휘하여 살아가는 것이다.

그러므로 나는 내 방식으로 산다. 겉멋도 속멋도 더 익어 갈수록 새롭다.

손풍기의 위력

　장마가 시작되기 직전, 어느 날이었다. 같은 6월 하순이겠지만 어느 때든지 일정하지는 않다. 이때는 비도 없고 바람도 없는 평범한 날씨였다. 그러나 조석 간으로 기온차가 급변하고, 비가 오다가 땡볕이 나기도 하는 계절이었다.

　내가 여러 사람이 모여 사는 큰 집에 들어갔다. 회사 사람들이 면회해주었고 걱정과 근심으로 위로하였다. 잘못해서 갔었다면 회사는 일언반구도 없이 즉각 토사구팽할 것이 분명하다. 회사 대표는 2인자를 앞세웠으며 3인자 등은 줄줄이 다녀갔다. 동료들은 스스럼없이 주고받는 사이라 번지가 달랐지만 편하기는 했다. 직원들은 만나면 내 이야기를 화제로 삼았단다. 당연한 주제라고 믿었다.

　어느 날 방문해온 사람들은 그냥 허탕을 치는 일이 허다

했다. 일정 계획을 내가 정하는 것이 아니라 미리 공지하지 않았고, 방문한다는 사전예고도 없었기에 어긋나는 경우가 종종 벌어졌다. 헛걸음이라는 단어가 사람을 허무하게 만들기도 한다.

쏟아지는 빗속을 뚫고 거센 바람을 넘어뜨리고 찾아오는 사람들이 각자 어려움은 있을 것이다. 현재 해야 할 업무와 당장 맞장 뜨는 불똥을 끄는 다급함도 있을 것이다. 그럼에도 방문 대리인 자격으로 찾아온 사람이 있었다. 마음속에 담아두는 상대가 아니었기에 어떤 말이든 어떤 행동이든 바로 넘어주는 처지였다.

그 분이 하시는 말, '요즘 덥지? 나도 정말 덥더라. 거기도 진짜 덥지?' 하셨다. 물어보나 당연한 답이 나간다. '덥지요. 요즘 무척 더워서 힘들어요!' 했다. 그러자 '거기도 에어컨 켰냐? 회사는 아직 에어컨 켜줄 온도가 안돼서 조금 기다려야 된단다!' 하셨다. 회사는 절약을 위하여 조금 참아보자고 캠페인을 벌이면 만사오케이 해결될 일이다.

그러나 진짜 어불성설이다. 그 시절에 큰 집에서 에어컨을 켰다고? 회사가 아직 켜주지 않았는데도? 캠페인을 어기면서도 마음대로 켤 정도의 위치인 사람이…

내가 한동안 망설이다가 많은 걱정을 끼칠까 봐서 조심스럽게 말했다. '아니요! 에어컨은 없어요' 말하자 '그럼 어떻게 하냐? 이 더위에!' 물어보셨다. 나는 또 걱정을 해결하는 묘안을 찾았다. '대신 손풍기를 줬어요' 말하니, '선풍기? 그것이라도 정말 다행이다' 마이동풍 답이었다. 나는 한술 떠서 보탰다. '예! 선풍기는 한 사람당 하나씩 줘요' 말하자 순진한 그분은 '어? 한 사람 당 하나씩 준다고? 전기요금은 어떻게 하고…' 말 하시자 나는 좀 섬뜩해졌다. 정말 말이 안통하는 순수파라는 생각이 들었다.

큰 집이지만 방은 작고, 모인 사람은 22명이 기본이었다. 그런데 선풍기를 22대는 물론 한 대라도 줄 리가 없다. 그래서 내가 위로성 발언을 하였다.

'걱정마세요. 손풍기 22대가 자동입니다. 전기료는 한 푼도 안 들고요' 그랬더니, 이제 알아듣자 '손풍기? 처음 듣는다. 새로 나온 신제품이냐?' 물으셨다. 그래서 내가 실토했다. '손풍기는 나도 처음 들었어요. 대물림 받은 수동 손부채도 방에 4개뿐입니다'

통학하는 맛

    중학교 1학년부터 5년간, 통학차를 타고 다녔다. 역전 사이의 구간이 짧았지만 그래도 통학차를 타는 맛은 따로 있다. 아침 통학차는 모두 모이니 바쁘고 복잡했지만, 학교가 마치고 나면 여유가 생긴다. 정해진 기차가 올 때까지 무엇을 할까 고민하다가 찾아서 시간을 메웠다.

    천천히 걸어가기, 빵집에 가서 먹기, 튀김집에서 먹기, 만화방에 가기, 독서실에 가기, 역전 구경하기, 지나가는 기차 구경하기, 길거리 구경하기 등 만들기만 하면 하는 일이 무진무궁했다.

    학교 교문을 나서면 바로 해방감이 들었고, 무슨 일이든지 할 수 있다는 자부심이 생겨났다. 다음 통학차가 올 때까지 얼마간의 여유가 있다는 것도 행복이다. 그저 왔다 갔다 하는 시계추가 되면 바쁘고 허망한 인생으로 느껴지기도 한다.

내가 자주 갔던 곳은 역전 앞이었다. 역전은 그저 광장이었고, 버스를 기다리는 정류장이 제법 멀다. 당시 이리는 정읍선과 전주선 그리고 군산선과 대전선이 모이는 교통의 중심 역이었다. 국가 선로보다는 통학권인 지역 주요 역으로 구분했다.

우선 역에 가서 놀아도 기차를 놓치지 않을 만큼만 돌아다니는 안전권 내에서 구경했다. 도심권 배회하다가 지루하면 서점에 들르기가 주요 코스로 등장하기도 했다. 항일 학생운동기념회관은 1순위 필수 코스로 인정한다.

그러다가 다른 코스를 개발해냈다. 고향 바로 뒷집의 아저씨가 병원에 입원해서부터다. 나는 중학교 1학년이고 아저씨는 40살이 넘은 중년이었다. 내가 할 수 있는 것은 고작 얼마나 아프시냐고 물어보는 것이었다. 그러고 나면 나는 더 이상 할 말이 없어서 방바닥만 쳐다봤다. 요즘은 침대 병실이지만 그 당시 작은 개인병원은 온돌로 된 병실이었다. 계속 병문안을 다녔다.

아저씨는 칠석을 맞아 우물을 파내고 있었다. 젊은이가 곡괭이로 물길을 파다가 지치면 올라와서 쉰다. 그러다가 교대하면 진척이 빠를 것이다. 이번에 우물 속에 내려갈 사람이 아저씨 차례였다. 내가 보았는데 짚으로 꼰 새끼줄이 끊어지자 '아!' 소리와 함께 떨어졌다. 내 생각으로는 '이제 죽었구나' 하면서 겁이 났다. 그러나 건져보니 한쪽 다리가 부러졌다. 나쁜 일 하다가 다친 것이 아니라 마을을 위해 좋은 일을 하다가 다쳤으니 하늘이 도운 것이라고 위안 삼았다.

그런데 아저씨는 나에게 고맙다고 거듭 말씀하셨다. 열차를 타고 병문안 오는 사람이 없고, 아내분도 자주 오는 것이 어렵다고 하셨다. 나는 시간 때우기 위해 병문안을 왔을 뿐인데, 얼마나 잘 했는지 모르겠다. 나는 엉거주춤하다가 이제 통학차가 온다며 병실을 나섰다. 그래도 아저씨는 연신 고맙다며 조심히 가라고 배웅하셨다.

퇴원 후에도 이 말을 마을에 두고두고 선전하셨다. 나는 의리의 표본으로 등극하였다. 그저 놀기보다 간단한 병문안으로 실천형 마을 효자로 통한다. 증인이 그 분이시다.

행운아 보고 싶다

 행운이 어디 숨어 있을까? 행운을 찾는 것은 보물찾기에 속하고, 보물을 훔치는 것에 준한다. 나를 나무랄 수도 있다. 그러나 현실적으로 행운의 네 잎 클로버를 찾는데 쉽지 않다. 어떤 때는 하루 종일 헤매도 찾지 못하고, 어떤 때는 1분 만에 찾기도 한다.

 행운의 네 잎 클로버를 운 좋게 찾으면 기쁘고 반갑다. 그러나 이런 운을 누가 빼앗아갈까 봐 겁이 나서 반드시 뽑고, 고이고이 간직한다. 그렇지만 네 잎 클로버도 효력이 없다. 단지 시력을 테스트하거나 그냥 심심해서 찾아본 풀에 지나지 않는다.

 행운의 클로버는 그저 심리에 대한 플라세보 효과로 그친다.

한 지인이 최근 뉴스에 떴다. 내용은 이렇다. 출근하는 길에 상대편 도로에서 전복된 차량을 발견했다. 유심히 보니 차에서 연기가 올랐다. 곧 불이 붙을 것이라고 직감하자, 건너가서 깨진 창을 정리한 후 모녀를 구해냈다. 환자에게 안심을 시켜주며 응급구조 자격증을 활용하여 빠른 조치를 하였다. 도착한 구급대에게 상황 설명과 함께 인계하였다. 그리고 다시 정해진 출근길로 떠났다. 상황 끝이다.

이런 상황은 비일비재다. 숱한 사고가 있고 도움을 자청하는 사람들도 많다. 누구라도 인정상 할 만한 배려도 많다. 그러나 15일이 지나도 자랑삼아 보고하지도 않았고, 사고조차 알리지 않았다. 뉴스를 기다리던 민간인은 부대가 '왜 이렇게 늦느냐'고 따지는 발언성을 냈고, 상급자가 직접 국방뉴스 선행란에 올렸다. 본인도 사실 검증용 조사를 받을 때 정식 보고하였다.

이때 얻은 행운은 무엇일까? 보나 마나 뻔하다. 대대장 표창, 연대장 표창, 사단장 표창 등. 자기가 먼저 실토하였다면 '그랬구나! 알았다. 잘했다!' 하고 끝났을 것이다. 그런데 대대장이 앞장서서 '국방부 선행란'에 띄웠으니 체면상이라도 적정한 상은 줄 것이다. 해당한 상을 받은 사람은 내 아들이다. 내가 줄 행운도 없다.

이때 행운은 나에게 흔한 상 하나도 주지 않고 누구에게

만 주어도 평등이냐? 네 잎 클로버라는 행운은 왜 외면했느
냐? 사람의 말도 못하는 주제에…

  행운은 내가 찾는다고 주어지는 것이 아니다. 그래서 행운
은 갑자기 다가오는 운일 뿐이다. 그러니 행운을 찾는 노력
에 과도한 낭비하지 말라는 말이다. 많은 시간과 비용을 투
자한 결과 행운을 찾다 하더라도, 그 행운을 사용할 시간
이 기다려주는 법은 없다. 다시 말하면 시간과 적절한 행운
의 크기가 맞아야 행운이 된다는 뜻이다.

  행운의 네 잎을 찾아내서 기뻐 춤을 춘 너머지 기회를 독
점하려고 뽑아낸다. 1년 후 그 자리를 기억하고 찾아와도 다
시 볼 기회도 없다. 내 손으로 행운 종자를 말려버린 셈이다.
행운은 공유하고 공생하며 공존해야만 찾을만한 행운으로
남는다.

무박 3일 근무해봐서 안다

사람이 살다보면 힘들거나 널널하다는 말을 들을 때도 있다. 내가 하는 일은 힘들고, 남이 하는 일은 쉽고 가벼운 것뿐이다. 나를 주인공으로 정해놓고 해석하면 그런 것이다.

근로자는 야간작업을 자주 하고, 어떤 때는 철야도 한다. 철야는 밤을 뜬 눈으로 일한다는 말이다. 저녁에 시작하여 밤샘을 하더라도 단순한 야간 근무에 지나지 않다. 주간과 야간을 합쳐야 철야 체면으로 선다.

어느 날, 계획에 없다가 갑자기 급한 일이 일어나자 곤란을 당했다. 직원에게 '미안하지만 모두 철야를 해서 일을 마쳐달라' 는 말을 했다. 상황을 아는 직원들이 두말 없이 전원 동조하였다. 직원들은 '과장님, 내일 취합하고 결정하면 됩니다. 퇴근하세요!' 말했다. '나도 철야해야지 너희들만 시키겠니?' 하였다. 상급자가 남아 있으면 눈치 보면서 일 하기가 껄끄럽고, 없으면 불공평하다는 불만이 터져 나온다. 어려움이 겹쳐 벌어진다는 뜻이다.

다음날에도 아침 8시에 시작하여 저녁 7시에 마친다는 정식 근무를 했다. 그런데 저녁 퇴근시간에 강제 퇴근을 내린 후, 비상이 걸렸다. 울산에서 만나자는 전화가 온 것이다. 나는 비밀리 즉시 출발하였다. 내가 준비할 장비도 없고 대책 작전도 없다. 그저 통행료와 연료비가 있으면 된다. 잠수를 탔던 사람이 나타나서, 자신의 핸드폰도 없이 은밀한 방법으로… 울산에서 밤 12시, 장소는 다음 전화로 단독 접선을!

회사 부도로 인해 잠적했던 중에서도 내가 계약금과 선급금으로 도와준 것을 잊지 못해서 불러낸단다. 제2 접선 장소에서 만나보니, 은밀히 숨겨놓은 장비가 없어졌다. 친인척에게 수소문을 했더니 몰수당하지 않으려고 사랑방에 보관하고 있단다.

내가 그 장비를 인수해왔다. 대가도 없이, 밥값이라도 달라는 것도 없이, 도망 다니는 차비라도 달라는 조건도 없이, 그저 가져가란다. 빨리, 다른 사람 눈에 띄기 전에 빨리 가란다. 정말로 빨리 가는 것이 도와주는 정답이라고 생각했다.

나는 기쁜 마음에 다시 만날 기약도 못하고 돌아왔다. 동과 서를 횡단하는 거리는 거의 국도뿐이었다.

다음날, 나는 정상 근무를 했다. 다시 퇴근 명령을 내린 후, 또 수상한 전화를 받았다. 최고층 임원이 튀어나왔다. 지금 가는데 같이 저녁 먹고, 이러 저런 얘기 좀 해보잔다. 모처럼 지방 출장이라 뒤를 알아서 처리하라는 주문이었다.

전화 받을 시각에 살아있으니 그 정도는 해도 해볼 만했다. 그러나 2무박 했다고 말해도 거듭 부탁해서, 나는 식사까지만 해결하고 나머지는 거절하였다.

설상이 가상을 알고 찾아왔을 것이다. 남의 골절도 나의 고뿔보다 못하다는 말이 있다. 남의 말은 나의 귓등을 스쳐 듣는 소리뿐이다. 그런 사람이 얼마나 많은가?

꿈에 그리던 낙하 연습

대한민국의 긴급 군사력은 공중전에 달렸다고 해도 과언이 아니다. 내가 생각하는 것이 꿈에 그려보던 낙하 윙마크였다.

초임 장교가 달고 싶어 하는 마크는 연습기에서 뛰어내리는 낙하 훈련이다. 그것도 최소한 4번의 훈련을 마친 다음에야 부여하는 칭호와 함께 수료증에 해당된다. 정규 교육기관에서도 4번의 낙하 훈련을 하려면 상당히 긴 과정을 거쳐야 하는, 어려운 훈련 중에서도 최고 어려운 마지막 코스였다. 쇠중위를 거쳐 대위가 되고도 어느 정도는 윙마크를 자랑스럽게 달고 다녔었다.

나는 짧은 훈련 시간 때문에 실제 낙하를 경험해보지 못했다. 나의 운명인가 나의 실수인가, 속단할 수 없으나 윙마크를 부러워했었다.

처음 입사한 회사에 가보니, 작은 규모여서 종업원 수도 적었다. 그런 중에 회사 입장에서는 처음으로 입사한 장교 출신이라는 타이틀을 부여하였다. 눈에 차지도 않는 중위를 두고 누가 뭐라고 칭찬하였을까? 누가 우러러보았을까? 어불성설이다.

어느 날 갑자기 낙하산이 내렸다. 아니 갑자기 떴다. 빙빙 돌다가 적당한 지형을 발견하면 내리는 윙이다. 모든 일이라는 것은 사람의 일이요 사람의 마음이 통해야 순간 전광속화(電光速火)처럼 감행하는 낙하산 전법이 있다.

내가 느낀 낙하산은 부러움의 대상이었다. 누구도 감히 지적하고 거부할 수도 없는 인물이었다. 종업원이 되었다는 것에도 감사하고 주어진 조직에 충성하는 것이 진심 장교의 책무를 실행하는 나는, 낙하산을 경원하지도 않았고 터부시하지도 않았다.

낙하산을 타고 내린 주인공은 인맥과 학맥, 지맥을 활용한 것이 아니라 바로 어쩔 수 없는 상황을 탈출하는 대타로 삼은 낙하맨이었다. 어느 것도 걸릴 것 없는 완벽한, 지구를 구하는 독수리 5인방처럼 조조엄지이 탁월한 인물이 내렸다. 왔다 바로 가는 사람은 불을 끄고 임무를 완성했으니 사라지는 주인공이다. 그래서 거부하는 낙하산이 아니다. 누구든지 부러워하고 존경하는 낙하산이라는 말이다. 사람이 사람을 보는 각도는 다를 수 있다. 만약 낙하산 임무를 완수하지 못했다면 어떻게 비쳐질까? 보낸 사람은 어떻게 생각하였을까? 보내진 사람은 어떻게 생각할까?

그러나 세상을 살다 보면 완벽한 사람은 없다. 지나가는 사람이 보는 타인의 삶은 완벽이라는 것은 없다. 그런 것을 실시하기도 하고 실행당하기도 한다. 우여곡절을 따지지 말고 그저 인정하면 만족을 누릴 것이다.

같이 해본 윙은 잠시 후 지나갔다. 내 삶도 잠시 후 지나갈 것이다. 내가 꿈에 그려보았던 윙마크는 대신 이루어준 무지개였다. 허망을 부르는 신기루가 아니라 희망을 주는 심리효과였다. 처음에는 부러운 낙하산에 대리만족을 경험해 보았으나, 직접경험하는 순간 연습을 해볼 기회는 없었다.

꿈을 간직하다가 이루지 못하고 빨리 꿈을 깨고 보니 허전했다. 기회가 없으니 허탈감도 들었다. 누구든지 공감하는 삶을 살아왔는데 어찌 공감을 얻을까? 언제 이해해줄까? 영원한 신의 생각은 차치하고, 가깝고 짧은 인생의 보상은 없는가? 무지개를 쫓아가지 말라는 말을 들어야 할까 듣지 말아야 할까 어려운 질문이다.

3부

솔비를 쓸어라

솔비를 쓸어라

눈이 내리면 대체로 쓸어야한다. 그러나 눈이라 모두 쓰는 것은 아니다. 아무리 쓸고 싶어도 쓸지 못하는 눈도 있다. 그것이 바로 젖은 눈이며 진눈깨비다. 또 내린 눈이 많은 사람에게 필요한 눈이라면 쓸어내지 않고 두고두고 보고 싶으며, 간혹 특정인에게 필요한 눈이라 유효할 수도 있다. 다만 일반인에게 피해를 주지 않거나 인적이 드문 산속에 내리는 자연 풍경으로 남고 싶은 눈에 속한다.

올 소설에 눈이 내리지 않았다. 내릴 눈이 적어서 모았다가 대설에는 내릴 만큼 내리겠다고 참은 눈인지도 모르겠다. 그러나 대설에도 눈이 내리지 않았다. 혹시 작년에 내린 눈이 너무 많아서 미안했다며 올해는 생략했을 수도 있겠고, 게을러서 눈 내리는 시간까지 늦잠을 잔 탓인지도 모르겠다.

오늘은 낮은 산 즉 뒷산에 난 공원에 갔다. 이름은 도시생태공원이니 게으른 나는 반가우면서도 고맙다는 말을 주고받지 않는 사이였다. 아침에 한번 저녁에도 한번 가로질러 갈 때도 수시로 찾는 곳이다.

그런데 아직 첫눈도 내리지 않은 공원길이 말끔히 정리되었다. 누군가 싸리비를 들고 눈 내리지 않은 길을 쓸 것이냐고 묻겠지만, 비질 흔적이 남았다. 솔밭에 내리는 눈은 멀리서 부리나케 달려왔다며 으시대지만 땅에 도착하지도 못하고 나뭇가지 위에 만족하는 법이다. 간밤에 어떤 눈이란 말인가.

솔밭에는 솔숲이 있고 그 아래에는 솔가루가 내리는 솔비도 있다. 보릿고개에는 솔눈이 마중 나오면 사람들이 모여든다. 눈이 멀리서 오듯 멀리까지도 모인다. 그러나 힐끗 눈치를 보면서 넘본다. 오늘 쓴 눈은 솔눈이었다. 한때는 반갑고 귀한 솔눈이었었지만 지금은 푸석푸석한 가루눈이 날리는 천덕꾸러기가 되었다.

너는 낙엽을 밟는 소리를 들어보았느냐가 회자되었지만 지금은 옛말이 되고 말았다. 조금 지나자 산유화를 즈려밟

고 가라고 하지 않았던가. 지금은 다르다. 고이 밟고 갈 길이
아니라 굉음에 편승하여 휘돌아나가는 사람 분들과, 거들떠
보지도 않고 지나는 공중예절 에티켓맨에게 항명하여 대뜸
지껄이는 개분도 자주 만나는 길이다.

　그래도 묵묵히 솔뿌리를 치우는 사람, 솔눈을 쓸어내는 사
람을 보면 나는 즉시 '엄지 척'을 보내며 고맙다고 감사하다
고 말한다. 나도 그리고 싶어서 그랬을 것이다.

지금이 바로 제 철

　혼히 말하길 '알았다. 그러니 즉시 물려라!' 하는 대목이
있다. 생겨난 도루묵의 유래는 간단명료하다. 조선 선조 때
임진왜란이 일어나자 궁을 떠나 험한 피난길에 나섰고, 현
지에서 먹었던 생선이 맛있는 것은 물론 귀한 것이라며 '은
어(銀魚)'라는 별명을 하사하였다. 난이 끝난 후 환궁하여
옛 추억을 떠올리다가 다시 먹어보니 도로 실망하였다고 전
한다. 그러나 그냥 지어낸 허구인 속설이요 야사(野史)에 지
나지 않다. 근거가 존재하는 역사라든지 앞뒤가 맞는 기록
도 없다는 말이다.

　다만 한 구절이 나오는 책은 있다. 『도문대작』에 고려시
대 어느 왕이 자주 먹다가 '그만 다시 물리라' 하여 환목어

(還木魚)가 되었다고 전한다. 그런데 지금 왜 조선 선조가 나왔을까? 그냥 선조를 팔아먹은 아전인수일 뿐이다. 선조 팔이! 할 말이 궁하면 또 선조를 들먹이고...

대표 사례가 삼천궁녀와 의자왕이요 봉하의 아방궁이다. 해명하고 끝나면 다른 명목을 날조해내는 것이다. 정말 진실로, 국민들이 다 인정하는 도루묵을 들먹이며 '그때 선조가 먹은 은어는 몇 마리나 되었느냐'고 도루묵팔이로 재등장한다.

역사상 임금 5명이 궁을 떠나 피난으로 갔다는데, 중국은 10년 혹 50년을 넘기지 못하는 단명 나라가 많다. 우리나라는 500년이 기본이다 보니 외세를 피하다가 진짜 피난을 떠났다는 것이 정설인 듯하다. 대한민국도 500년은 가고 싶다. 지금이 바로 제 철이 되었으니, 한 몫 챙기는 목적으로 작은 것을 부풀리는 것은 당연이요 없다면 우선 거짓을 만들고 부풀려보자는 속셈이라는 해석이다. '지금이 바로 제 철'이라는 말을 듣고 보면 선거철이 되었다는 것을 입증할 차례다.

봄 볕 들에는 며느리를 보내고 가을 볕 논에는 딸을 보내라는 준칙이 있고, 가을 전어는 도망나간 며느리를 다시 돌려온다는 말도 있다. 그냥 우스개 비유다. 아주 비싸고 가장 귀하라서 아니라 '썩었어도 준치'라는 말은 절대불멸의 정답이다.

그러나 요즘에는 어머니 병구완하다가 한 겨울에 딸기를 구하려고 여기저기 돌아다닌 끝에 겨울에도 구할 있는 과일로 등장하였고, 열대성 파인애플과 바나나 등이 드디어 한국의 땅에서도 산다. 하늘님이 보우하사 긴 병 효자에 감흥하여 제 철이라는 단어와 그냥 철이라는 단어가 어울렁 살아가게 하신 셈이다.

그러나 자연은 아직 변하지 않은 삶을 바라고 있다. 이것도 순응을 요구하는 것이다. 나도 하고 싶은 말이 있지만 드러내지 못하고 죽을 때까지 묻고 갈 것도 남았다. 반항과 거역도 개성이지만, 원칙에는 이타적 순리가 정답이다.

기후 대한 운전 대한

아침 최저기온은 영하 7도라서 1년 중 가장 춥다는 통설이 맞았던 날이었다. 그런 대한도 1년 365일 중에 하루뿐이라는 절후에 속한다. 우리 달력으로 양력으로 표기된 절후가 왜 음력으로는 돌아오지 않는지 모르겠다. 삼척동자도 금방 알아보는 달력에서 지천명 운운하는 엘리트도 절대로 찾아낼 수 없는 것이 불가사의 중 하나인가 보다.

매서운 날씨에 버벅대는 인생이 애처로웠던지 오후는 살 만한 기온으로 훌쩍 올랐으니 고마운 절후로 기록하고 싶은 날이었다.

설 전이라서 바쁜 마음에 이른 점심을 먹고 나섰다. 줄 세뱃돈을 새맷돈으로 둔갑시켜준다는 은행에 들렀다. 편도 2차로 대로에서 들어가는 입구와 출구로 구분되었다. 일을 마치고 주변을 살펴보니 마침 출구로 진입할 것처럼 눈치를 흘리면서 무조건 내가 빨리 나가라는 듯 기다리는 차가 보였다. 아니! 깜빡이도 켜지 않았고, 더하여 비상등도 켜지 않고, 전용출구로 들어오겠다는 진짜 민폐차량이 분명하다. 교차로를 지나 줄이어 오는 차량은 좁아진 도로에서 엉켰다.

　나의 운전습관이 진가를 발휘하였다. 버티기 작전이었다. 상대방 차주도 마찬가지였겠지! 한참을 기다렸다. 희귀한 차량 체면에 국산차가 답답했던지, 내가 초보운전이라는 것을 눈치챘던지 '빵빵이'를 불렀다. 물 건너 온 차 주제(主題)에 '낫 놓고 기역'도 모르는 차량이 나무란다니! 나는 못들은 척 또 버텼다.

　아뿔싸! 그러는 사이 은행 업무를 마치고 나가는 차가 생겨났다. 내가 계속 버티면 또 다른 민폐 유발차가 탄생할 순간이었다. 확인해보니 역시 물 건너 온 차량이었다. 그것도 가장 가까운 나라에서... 난감! 또 난감! 즉시 문을 열고 다가섰다. 저 차가 괘씸하여 지면 안 될 것 같아서, 그러니 미안하지만 조금 기다려보자고 말했다. 당신 눈에도 내가 잘못한 것인지 저 차가 잘못한 것인지 분명히 알 것이라고 항변하였다.

　'기다리라고요?' '예, 조금만 기다려주세요.' '예, 그러지요!'

둘의 행동을 노려보았던지 이제사 저 차가 '빵빵이' 대신 우회전 신호를 보냈다. 늦은 센스! 그러니 흐름을 파악하면서 원활(圓滑)한 운전을 할 수 있겠느냐! 참으로 답답한 차량이었다. 그런데 나에게 동의해준 차량이 한창 불매운동에 속한 차량이라니... 그래서 따라주었던지 그저 기본을 준수하는 선량이었던지는 따질 필요도 없었다.

　　우선 내가 판정승이라고 믿으면서 출구를 떠났다. 소렌토는 여유가 있다만서도 동조한 닛산에게 시간이 허용한다면 푸조를 케이오로 이기고 싶었었는데... 이 나라는 분명 대한(大韓, 大寒)이 맞다. 올해도 역시나 운전에게는 싸늘한(大寒) 하루였다.

교회와 절의 조합

속리산을 향했다. 오가는 데 4시간, 여기저기 기웃 3시간, 포도청에 매달리고 식곤증을 달래다보면 1시간, 아이쇼핑 대신 눈요기라도 하자고 1시간을 투자해야 되니 바쁘다. 마음은 벌써 부처님 손바닥을 타고 법주사에 도착하였다. 구불구불 지루한 시간을 달래주는지 졸리는 인생을 깨우는지... 산 속 풍경이 민낯을 휘감았으며 시원한 청렴감이 폐부를 흔들었다.

도착하자마자 식후경, 하늘은 뭉게구름이었다. 나도 빨리 둘러보자는 걸음과 동행하였다. 아뿔싸! 이미 속리산 이정표를 벗고 법주사 팻말을 업고 가는데 비라니! 매표소 앞에 서보니 '아니다. 즉시 돌아가라!' 들리는 영감이 있었다. 갈까 올까? 올까 갈까? '말도 안 되는 우왕좌왕? 1일3성하라!'

는 소리가 울렸다. 새털구름이 조개구름을 넘어 먹구름으로 변하더니 '말 안 들어? 폭우 맛 좀 봐라!' 우렛소리가 들렸고 장대비가 쏟아졌다.

맛집을 찾아 2시간 정도는 투자한다니 돌아오는 길이 아깝다! 그러나 묘수가 없어 후회하고 말았다. 매점마다 우산은 매진, 비옷도 매진, 종이박스도 매진, 지역 무료신문도 매진, 상가 처마도 매진뿐. 즉석 무료사워를 만끽한 후 돌아오는 길도 멀었다.

10m 앞도 보이지 않았고 뒤는 지척을 분간할 수 없었다. 비를 부어주니 유리창을 내리고 닦을 수도 없었다. 아차! 하는 순간 갈림길을 지나쳤다.

어떡하나! 역주행? 멀어도 우회? 후진기어? 무인가이드를 믿고 헤맸던 속리산행 뒷담화가 떠올랐다. 나도 모르게 비상등을 켜고 후진기어를 감행하고 있었다. 천우일조. 줄줄이 선 차량들이 무한한 배려를 베풀었다. 마치 빗속 사열처럼…

정말 부처님이 나를 보호하사 그랬구나… 매번 너는 입장료를 내고 절은 패스했잖아?… 멀리서 법주사까지 왔으니 그나마 체면치레… 매표소에서 돌아서니 부처님이 서운했을 거야… 일요일에 절을 찾다니 하나님이 책망했을 것이다… 오늘도 교회에 갔다 왔어, 몰라?… 절이 좋아서가 아니라 벼라 맞은 정이품송을 만나러 왔어...

맞아! 오늘 건네준 책 박스가 나를 도왔구나. 두 박스 가득 채웠으니 모르긴 몰라도 30Kg은 넘지? 너무 무겁다며 지인을 대동하여 다시 돌아온다고, 찜해놓고 가면서도 못 미더워 돌아보던 폐지 줍는 노파. 힘겨워 보이지만 낯빛은 밝았었다.

누구든지 항상 만족할 수는 없다. 가끔은 흡족 하는 것도 힘들다. 어떤 날은 비가 오고 어떤 날은 눈도 온다. 바로 인생살이다. 너도 그렇게 생각할 거야. 이것이 바로 동병상련(同病相憐)이요 병가지상사(兵家之喪事)다. '나도 나이 들면 노파가 되겠지!' 노파가 되기 싫다면... 그 전에 죽는 선택권을 강매하는 즉 밑지는 외통수다.

첫눈이 늦게 납신 이유!

아침예배에 가려다 일기예보를 보았다. 6시부터 비, 돌아올 시각인 8시까지도 비, 그 전후에는 '비'라는 기미가 없었다. '그렇지, 비가 와봤자 얼마나 오겠니?' 겨울인데... 나는 '혹시나!' 하고 우산을 갖추었으나 '역시나!' 헛힘만 쓰고 말았다. 하늘을 보니 지뿌둥 기울었다. 실낱같은 기대를 신봉하면서 지하에 주차하였다.

오후, 시내 한복판에 남은 '솔안산'에 들었다. 코앞이니 나설 채비를 챙길 것도 마무세도 따질 것도 없다. 찌그러졌지만 노송이 버틴 덕에 소라단이라는 이름을 얻었고, 그 기세를 이어받아 소라산이 되었다. 그저 되는 대로, 하고 싶은 대로, 이심전심 교통하는 자연이었다.

자연생태공원에 눈발이 내렸다. 눈인가 했더니 진눈깨비로 변했고 확인하다보니 백설표 고운 눈이 번갈아가면서 등장하였다. 따질 것도 없이 기다리고 기다리던 첫눈이다. 2월 16일을 두고 첫눈이라니...

첫눈이라는 주제를 놓고 안주 삼아 입씨름 할만하다. 올해 첫눈이니 2020년에 첫눈이라는 말이 화두로 등장하였다. 단어로 당연이요 셈법으로도 으뜸이다. 한 계절이 지난해 말에서 올해 초로 이어지니 작년에 내린 눈은 첫눈으로 통한다. 물어보나마나 누군가 말 안 해도 인정하는 말이다. 그럼에도 오늘 눈이 첫눈이라는 것은 둘을 만족시키는 솔로몬 중에서도 명 재판이었다.

그런데 이처럼 늦은 지각대장 눈이 많은 호응을 받는 것일까?

정답은 간단하다. 시절이 하수상하여 늦잠을 잤다는 결과가 진리다. 눈이 내리기전에 내가 깨어났다면 나는 게으르지 않았고 부지런했다는 증거주의에 의한 알리바이. 따져보아도 오후에 내렸다는 시간문제가 아니라 경험상 오래된 관습법에 따른 게으른 눈이었다.

아마도 첫눈이 내리면 만나자고 약속한 사람들이 고대했을 것이다. 그렇다. 많은 사람들의 염원을 져버리지 않고 부응한 착한 눈, 착한 계절이었다. 눈으로 인해 사람을 부정하며 기다리는 식물이 안절부절 하는 것이 안타까워 늦게라도 방문한 여린 눈이다. 사람과 식물 나아가 사람과 자연의 관계 사이에 불상사가 두려워 나타났을 것이다.

첫눈이 늦었더라도 한바탕 흩날리는 이유는 사람의 생명을 살리는 약속을 지킨 배려였다. 기우제 대신 기설제! 비를 물리고 쭉정이가 될 가을보리를 모른 체 돌아설 수 없는 신의의 눈이다. '암행어사 납신다!'를 들은 뒤에 등장하던 이몽룡이 생각난다.

바이어를 모신 그랜저 렌트카

오래전에 근무했던 시절, 외국인 바이어가 방문한다는 소식이 들려왔다. OEM목적 장비메이커 2명을 각별히 준비하라는 특별지시가 내렸다. 일반적인 방문은 회사에 보유중인 차량으로 충분하였으나 이번에는 큰 고객이라는 주문이니 '각 죽인 그랜저'를 미리 예약하라는 별명도 덧붙였다.

나는 공항 인근에 있는 대형 렌트카 업체를 지목하여 방문하였다. 내 차는 소형차였고, 대형차는 처음 타보는 것이라서 겉기분도 좋았다. 차의 성능은 이상 없고, 연료도 충분하고, 외관도 별다른 흠집이 없으니 걱정하지 말라고 조언을 들었다. 그보다 더 좋을 수 없는 기분이 들었다.

회사에서 지방 공항까지 대략 1시간이 걸리니까 절대로 늦지 않도록 미리 출발하였다. 고객보다 마중하는 내가 먼저 도착하는 것이 배려이며 상도상 에티켓의 기본임이 분명하다. 멀리서 걸어오는 픽업할 인물을 감지하자 시동을 걸었고 만반의 대세를 갖추고 기다렸다.

바이어는 각자 캐리어를 끌었고 김포에서 대동한 사장은 빈손이었다. 큰 짐을 가지고 있다면 물론 트렁크를 열어야겠지 하고 버튼을 찾아보았다. 허둥지둥 어디를 눌러야 하는지 헤매도 못 찾았다. '그때 물어볼 것을...' 하면서 당황했다. 이런 상황을 보고 사장은 낮은 소리도 '트렁크를 열어'라고 말했다. 그러나 나는 못 들은척하면서 허공을 쳐다보았다. 바이어도 체념하면서 짐을 들고 좌석에 탔다. 내가 영어를 모른다고 믿어서 아무런 말도 하지 않았으리라 생각이 든다.

이제사 면피를 꾀하자고 에어컨을 켰다. 국가상 연료를 절약하자고 미리 켜놓지 않자는 심산이었다. 비행기에서는 시원하였고 걸어오는 중에는 더웠을 것이다. 미안하지만 이것이라도 시원할 것이니 쌍방 체면은 세운 셈이다. 흘깃 룸미러를 보니 표정은 덤덤하였다.

그러면 가보자! 매끈한 도로를 질주하였다. 무게는 나가지만 그래도 대형차라서 충분하겠지! 연료도 충분, 부족하면 액셀로 보충! 최소한의 안내는 내 몫이니 내가 책임진다는 각오로 달렸다. 부드럽게 커브를 돌자 경찰이 세웠다. 지나가는 차를 부르는 경우는 단 한 가지 이유가 있을 것이다. 80km 도로에서 허용하는 범위라고 자신만만하였지만 세운 경우에는 도리가 없다.

나는 도어를 내려 경찰과 짧은 대화를 하였다. 이어 오르자마자 다시 출발하여 그 위기를 모면하였다. 한참 지나자 '어떻게 되었나?' 사장이 물었다. '들었지요? 국가를 위해 수고하십니다. 좋은 거래를 위하여 안전하시기 바랍니다 라고 했잖아요.' '안을 기웃하던데, 그건 나도 들었어' 사장이 덧붙였다.

내 변명은 '중요 바이어가 있는데 허용범위이니 알아서 해주세요' 한 부탁이었다. 딱지 대신 애국이 정답이었다.

그 사람 이름은 잊었지만

제주 렌터카의 뒷담화

문학회에서는 해마다 문학기행을 나서는데, 년 한두 번 하는 것이 통례다. 정기총회를 실내에서 하는 것도 있고, 문학회연합회를 추진하는 경우도 있다.

이번에 거론된 내용은 제주를 탐방하는 문학 기행이었다. 제주대학교 교수를 초빙 강사로 정하였고, 자유토론과 질의응답으로 이어졌다. 그 후 강의 내용에 나온 곳을 선정하면서 자유여행도 추가하였다. 내가 소속된 문학회는 20명이 참석하였으니 한 팀으로 이루어졌다.

여행은 사전 예약이 필수다. 우리는 선박으로 이동하였으며, 항구에 도착하면 25인승 버스가 전 코스를 담당하였다. 제주에 사전답사가 정답이겠지만 그것이 육지에서는 쉬운 일이 아니다. 다행이 제주에 거주하는 회원이 있어 안성맞

춤이었다. 차량 섭외부터 여행하는 코스를 추천하는 것, 먹을 음식과 식당을 고르는 조언도 마다하지 않았다.

나는 참가하는 회원을 대상으로 필요한 비용 담당이었다. 즉석에서 결정된 비용을 갹출하였으며, 가는 데부터 오는 것까지 지불하며 마감 후 정산하고 현지에서 공고하는 역할을 맡았다. 단 10원이라도 남겼다가 개인별로 환급하는 것을 목표로 진행하다보니 복잡하고 어려운 셈법이다. 하는 일마다 신경 쓰는 것에 골치가 지끈지끈했다.

제주에서의 일정을 마치면 버스 비용을 정산하는 절차가 남는다. 그전에 한 코스를 남긴 시점에서 버스 기사에게 얼마나 지불하면 되겠느냐고 확인하였다. 돌아온 답은 '알아서 달라' 는 말이었다.

그런가? 하다가 제주에서 버스와 코스를 섭외한 회원에게 얼마나 주면 되겠느냐고 물어보았다. 역시나 돌아온 답은 '알라서 주라' 는 말이었다. 그런가? 싶어서 회원 중 육지팀의 주 리더에게 얼마나 주면 되겠느냐고 물어보았다. 역시나 돌아온 답은 '알아서 주라' 는 말이었다.

당일 회계인 나에게 그렇게 강조하는 터이니 정말 난감해졌다. 내 생각으로는 렌터카 업체와 계약한 것이 아니라 친한 사이로 그저 봉사한다고 받아들였다.

마지막 코스를 마친 후 기사에게 얼마나 주면 되겠느냐고 다시 물어보았다. 친절한 기사님은 '알아서 주라' 는 말을 하였다. 나는 연료비 25만원과 수고료 5만을 전달하였다. 기사는 한참이나 악수를 하는 듯 받을 둥 말 둥 하다가 떠밀려 받는 표정이었다. 선박에 오르기 전 벌써 빗발이 쳐 올라왔다. 제주 섭외담당자 왈! '그게 말이 되냐? 중간에 있는 내가 어떻게 뒷감당하라고?' 를 들었다. 나는 혼잣말을 하였다. '그런데 나는 나하고 상의해봤어~ 당신은 상의해봤어?'

교과서에 없는 소탐대실

소탐대실! 작은 욕심을 내고 탐하다가 큰 것을 잃고 손해라는 말이다. 그것은 욕심을 참아라 혹은 큰일을 하다가 작은 걸림돌이 있더라도 견디라는 말이기도 하다. 그러나 시쳇말로는 큰 것을 먹으려면 작은 것을 미끼로 제공하라는 말과 같다. 이런 말이 항상 맞는 것이 아니라, 시간과 환경에 따라 달리 발생할 수도 있다.

나는 절약이 몸에 밴 베이비세대다. 처음부터 부유한 가정이었다면 절약이 기본이면서도 어느 정도는 사용하는 습관이 있을 수도 있다. 그것이 나쁜 것도 아니며 해서는 안 되는 것도 아니다. 돌고 도는 것이 인생길이며, 돌고 도는 것이 경제의 정의 중 일부다.

어릴 때 절약한 돈으로 옷을 사든지, 가방을 사든지, 부모님 생신 때 기뻐하실 것을 사드리면 된다. 커서는 모은 돈으로 집을 사든지 논밭을 사는 것이 최대 목표였다.

회사에서 근무할 때 궁상떨지 마라는 말을 듣기도 했다. 그러나 나는 의도적으로 궁상을 찾아 나선 적도 있다. 나 혼자 전 회사원에게 절약을 강요하기는 힘들다. 그래서 솔선수범하고 동참을 요구하는 차원으로 일을 벌인 적도 있다.

종이 한 장이라도 절약하려면 이면지 재활용이 첫걸음이다. 그것도 과분하다며, 재활용이라는 명칭에 먹칠하지 않으려면 누런 봉투 재활용과 달력 재활용이 대표적이다. 내가 만들어 준 재활용 종이를 사용하는 부서와 방문한 교사가 만났다. 고등학생을 이끌고 취업 방문차 온 사람인데, 알고 보니 고등학교 동창생이었다. 이 교사는 이런 사례를 두고두고 거론하였단다.

항상 느끼는 감이지만 자동판매기에서 나오는 1회용 컵이 아까웠다. 깨끗해서 만져도 정이 들고, 단단해서 사용하기도 좋다. 그런데 반드시 버려야하니 정말 어찌해야할지 난감도 느낀다. 그래서 나는 1회용 컵을 얼마나 사용할 수 있는지 실험했다. 커피 컵에 커피를 다시 활용한다면 찌꺼기가 남거나 색깔이 남아있어서 계속 재활용하기는 곤란했다. 그래서 나는 맹물을 담아 마셔보았다.

맹물을 마시고 컵을 비우고 엎어 놓으면 바로 건조해져서 다시 활용해도 무난하다. 위생상도 전혀 이상이 없다. 하나, 둘, 셋, 넷… 쉰, 쉰하나, 쉰둘, 쉰셋… 그래도 거뜬하다. 내가 세는 방법은 컵 표면에 바를 정자로 그렸다. 컵 표면의 여백은 아직도 널널하다. 내 말은 1회용 컵은 50번 까지 재활용할 수 있다는 주장이다.

그러나 나는 중단하였다. '소탐대실' 이라는 단어가 나도 할 말이 있다고 손을 들고 나온 참이었다. '내가 말하는 소탐대실은 그것이 아닌데…' 하면서도 멈췄다. 상대방이, 나의 상급자가, 회사의 경영자가 큰일을 하려면 적은 것 아니 작은 것은 과감히 버리라는 주창이었다. 이것이 책에 나오는 소탐대실이라는 단어의 원조였다.

꼬부랑 반찬 맛

친구들과 함께 노래 연습을 하다가, 밥 먹을 시간이 되어 식당으로 갔다. 식당까지 걸어서 3분 정도? 정말 가깝다. 우리가 연습하면 자주 가는 곳이다. 물론 30개 정도의 팀이 있어서 언제든지 가는 곳이라고 보아도 무방하다.

주로 추어탕이나 닭도리탕이지만 기본은 백반 정식이었고, 버섯탕 등 유사 식단으로 진행한다. 그날도 추어탕을 주문하였는데, 기본 반찬이 즐비하다. 버섯무침, 콩나물무침, 김치, 상추겉절이, 콩조림, 가지나물 등 먹을 만한 것들이 등장했다.

주된 밥의 부산물이라 먼저 먹어야 할지 말아야 할지가 문제다. 20명 이상 모여서 누구든지 젓가락을 용감하게 들지도 못했다. 빈손으로 젓가락과 순가락을 만지작거리면서 눈으로만 감상하다가, 눈에 들어올까 말까 하는 희미함이 들어왔다.

큰 눈을 뜨고 살펴보았다. 아까는 분명 보였는데 보일 듯 말 듯한 불청객이었다. 젓가락을 들고 헤집어보았다. 앞뒤, 위아래를 이잡듯 뒤집어보았다. '여기 있다! 찾았다' 하니 친구들이 고개를 쳐다보았다. 무엇을 발견하였는지 궁금했을 것이다. 내 앞에 있었던 그릇에서 발견했으니 다른 사람들의 눈에는 안 보였음이 확실하다.

젓가락으로 들춰 보이면서 확인사살을 했다. 친구들도 이제 알았다는 듯한 표정을 지으며 눈을 돌렸다. 주위 때문에 '심봤다!' 하는 소리도 내지 않았다. 나는 뭐라고 큰소리를 칠까 고민하다가, 그저 조용히 식탁에 놓고 휴지로 덮었다. 그러자 옆에서 지켜본 친구 왈, '먹을 거야? 그냥 가!' 하고 말했다.

시간이 지나도 주메뉴가 도착하지 않자 괜한 짜증이 났다. '사장님!' 하고 불렀다. 대답도 없고 오지도 않았다. 나는 작게 불러서 못 들었나 하며 크게 '사장님!' 하고 불렀다. 또 대답도 없고 찾아오지도 않았다. 고개를 들어 유심히 살펴보니 왔다 갔다 바쁘게 다니는 분이 있었다. 그런데 다른 손님에게는 왜 유난히 시중을 드는지 궁금했다. 그래서 화가 나서 '사장님!!' 하고 버럭 질렀다.

이제 사장인지 종업원인지 모르지만 찾아왔다. 와서도 두리번거렸다. 거기까지는 그렇다 치고.

누가 불렀는지 소리가 나면 즉시 고개를 들어 표정만 보면 알 수 있다. 그러나 그저 귀로 듣기만 하고 눈으로 확인을 하지 않았다고 실토를 하였다. 20명 이상인 손님은 나가지 않을 것이 분명하지만, 두 명이 앉은 팀은 즉각 나갈 것 때문에 그랬었다고 실토하였다.

그렇다 치고, 식탁에 덮은 휴지를 들춰 보여주었다. 그 사람은 아무런 말도 없이 덥석 집어가려고 노렸다. 내가 손을 뿌리치면서 '이게 뭐요?' 하며 역정을 냈다. 또 반응이 없다. 나도 화가 나자 '이게 뭐냐고요? 몰라요?' 버럭 질렀다. 그 사이 다른 팀에서 호출하자 다시 다른 팀으로 가버렸다. 순간 나는 머리가 텅 비었다.

나는 아무 말도 없이 일어나서 식당을 떠났다. 체면상, 문을 닫기 전에 일행에게 '나 먼저 갑니다' 하며 굵고 나갔다.

오늘이 저녁 헌신예배인데 무슨 말이 있겠느냐. 꼬부랑 털 반찬이든 탄 밥이든 감사할 뿐 아니냐? 그 뒤로 같은 선교회 원들에 할 말이 남아있을 뿐이겠냐? 나에게 한마디 위로하거나 두둔하는 교인도 없었다. 안 먹은 맛이 더 씁쓸했다. 그리고 소원해졌다.

늦게 깨달은 아부의 필요성

싸움은 말리고 흥정은 붙이라는 말이 있다. 사람 간의 좋지 않은 언사를 주고받는 것은 좋은 일이 아니며, 서로 간의 긍정적 시발은 부추라는 말이다. 모든 것이 서로 필요에 따라 벌어지는 말이다. 그러나 상반되는 것은 싸움의 씨앗이며, 서로 같은 방향을 쳐다보는 것은 상생을 트이는 씨앗이다.

내가 근로자로 일할 때 나에게 물어본 사람이 있었다. 회사의 사장이 과장에게 물어보기를 '○○○ 씨는 이번에 책임자로 되어도 좋으냐?'라는 말을 듣고 보니 당황하였다. 총책임자를 세울 시기인데 저 사람이 좋으냐 아니면 좋지 않으냐는 질문이었다. 과장에게 물어보고 그대로 발령을 할 것으로 판단해보니 순간 어름이 되었다.

그러나 나는 솔직히 대답하였다. 이런 점은 좋고 저런 점은 이렇다. 그래서 이런 것은 이것이고 저런 것은 저것이라는 느낌을 상신하였다. 정말, 그대로 받아들였다. 이번 승진 심사에서 과장이 공장의 총책임자를 선정하는 문제를 반영시켰다는 얼토당토 못한 결과였다.

결과적으로 거론된 사람 대신 다른 사람을 발탁하지 않았다. 그것은 그 공석을 그대로 비워놓고 현재 체제로 진행하자는 인사였다. 만약 다른 사람을 선정하였다면 정말 큰 실수였다고 생각된다. 다른 사람이 영입되면 모든 것을 파악하지 못해서 일처리가 지연되거나 잘못 판단되는 실패로 이어질 수도 있다.

이어 차선이라면 그 인물을 처음부터 발탁하는 인사가 적합하였다고 생각된다. 한 계단 승진하는 직급이니 실수나 실패로 달라질 것은 없다. 진급하거나 하지 않아도 커다란 상관은 없다는 말이다. 그런데도 과장 따위의 말을 인정해 주었을까?

그것은 같이 일하는 사람들의 공감대에 대한 문의라고 본다. 그래서 그 저의를 받아들였으면 바로 오케이하고 인사를 마쳤을 것이다. 그런 의도를 이해하지 못했으니 그저 그대로 가자는 답이었을 것이다. 이것이 바로 나의 실수였다. 그 사람은 그대로 정년퇴직하고 말았다. 퇴직하고 난 후 특혜 발탁을 단행하였다. 다행이었다.

그래서일까? 문제는 나도 그분처럼 퇴직하고 말았다. 이런 결과가 그 인연으로 연결되었을 것이다. 만약, 그때 좋은 말을 했더라면… 나는 그런 환경을 파악하지 못하고 그른 결론이었다고 믿었다. 좋은 것이 좋다는 말이 아니라, 그저 조금 미흡하더라도 협심하면 나은 결과가 나온다는 좋은 말이다.

비슷한 예도 있다. 나와 경쟁자로 여겼던 사람이 나를 따라 퇴직하였다. 그 이유는 간단하다. 내가 정당하지 못한 대우를 받아서 분해했다며, 자기도 나와 같은 상황이 전개될 것을 여겼다고 말했다. 그래서 그냥 자원 퇴직하였다. 1년쯤 지난 후에 밖에서 만나 허심탄회하게 대화했다.

나도 그도 그렇고 그런 사람이었다. 내가 언급한 전례의 인사처럼 광의의 해결책을 파악하지 못한 것이 부족함이었다. 이번 얘기도 그와 같은 부족함의 재탕이었다. 협소한 판단으로 아부가 부족했다.

대형마트에서 대박 난 날

오늘은 어느 목요일이다. 일기예보에서는 오후부터 비가 온다고 하였다. 아침밥을 먹고 저 멀리 보이는 모악산을 쳐다보니 쾌청하지는 않았지만 그래도 다시 보는 평범한 아침이었다. 서둘러 나섰다. 오늘은 여기저기 갈 곳이 기다리고 있었기 때문이다. 가족들이 만나는 날을 위하여 준비가 스멀스멀 고개를 드는 일거리가 맞다.

한국인의 음식은 세계에서 가장 특이한 메뉴로 만들어진다. 예를 들자면 가장 대표 먹거리 중에서 으뜸으로 끼워 주는 김치도 200개 이상의 종류로 전한다. 이런 전통 먹을거리는 하루아침에 만들어낸 것이 아니라, 먼 시절부터 갈고 닦은 기술로 다듬어 놓은 과학이다. 초목근피를 먹었던 바쁜 시절에도 빼놓지 않고 이어놓은 창조물이다.

오늘 어디서 어떤 물건을 구입할 것인지 결정해야 한다는 말이고, 전통 음식을 만든다면 어디서 구할 것인지가 관건이다.

먼저 대형마트에서 나온 다음 들러야 할 곳은 중소마트. 그런데 문제는 지갑에서 플라스틱 한 장을 활용하면 되었는데 지금은 지전(紙錢)과 동전, 온누리 상품권을 꺼내려다 발생하였다. 부언하면 가방을 분실했다는 뜻이다.

마음이 다급해지자 전화번호를 저장해두었으면서 기억해내지 못하고 허둥댔다. 가장 빠른 방법이 대표전화라고 선전하였지만 나는 가장 싫어했었다. 통화가 많으니 잠시 기다려 주세요. 좋으시면 1번, 아니면 2번. 싫어진다면 3번, 끊고 싶으시면 4번, 그러다가 다시 들으신다면 7번, 사람과 통화하기 원하시면 9번.

어디서? 대형마트에서! 언제? 오늘 오픈 직후! 어디서? 카트에서! 어디쯤? 1층 주차장에! 1층은 매장인데 무슨 말인지? 옥외 주차장! 어떤 주차장? 별도로 있는 주차장이 아니라 권역에 있는 주차장! 어디쯤? 건물 밖 코너! 잠시 기다려주세요 전화를 끊지 마시고! 한참 후에 들려오는 말은 '여보세요?'와 함께 '없는데요!' 그리고 '와 보세요.' 남 애기 듣는 듯 뉘앙스 아니 뒤앙스.

현금 10만 원 쯤, 상품권 10장 정도, 주민등록증 2장, 신용

카드 3개, 기타 등등. 정말 분실했다고 떠든다면 매장 분위기가 파김치 될까 봐, 일단 와서 따져보자는 뜻이었다. 주고받다 보니 속이 탔다. 서둘러 되돌아 가보니 그대로 있었다.

낮말은 새가 듣고 밤말은 쥐가 듣는다는 속담 대신 어디서나 항상 감시하는 세상이라니. 현금이 100만 원이 넘는데 70만 원이 없어졌다고 하면 어찌될까? 확인해보니 없다고 말한 사람이 정말 그랬을까? 내가 보니 있는데... 어거지라도 부려볼까? 덤태기를 쓸까봐 아예 상관하지 말라는 세상이 되었다. 나는 잃었다고 말하지 말고 일단 그냥 가보는 셀프 해결이 정답이었을까?

집에 돌아오니 비가 내리기 시작하였다.

돔배기 맛 홍어 맛

돔배기는 금시초문이다. 듣지도 못 했고 책에서도 못 보았다. 흔한 뉴스에서도 눈 씻고 겨우 찾아낼 정도다. 그만큼 널리 퍼졌다는 말은 아니다. 귀하고 비싸서 누구나 맛보기도 힘들 정도라고 생각된다. 그러나 아무리 비싸더라도 잔치에는 반드시 '약방에 감초'가 들어가야 된다니... 무슨 말이라도 부연 설명이 있으면 좋겠다.

우리 근해(近海)에서 가끔 상어가 나타나는데, 포악하여 사람까지 해친다는 젖먹이 어류다. 그런 상어는 덩치가 커서 통째로 먹을 수도 없고, 뼈가 단단하니 함부로 취급해서도 안 된다. 그래서 토막을 내서 뼈를 발라 포를 뜬 다음 소금에 절인 고기를 돔배기라고 명명했다.

돔배기가 유독 경북 지역에서만 '잔치에 감초'로 이름 지었을까? 유래가 전해지지 않았으나, 내륙 경북에서 귀한 재료이니 저장하는 습성이 남은 듯하다. 또한 비싸서 귀한 것이고, 정성을 담아내야 잘 먹었다는 응답을 기대한다는 말이다. 정말 경남 지역에서는 돔배기를 잔치에 반드시 차려야 한다는 법을 지키지는 않았다. 나는 비경북인이라서 당연히 먹어본 적도 없다.

반대로 전라도에서는 특산물을 홍어로 쳐주고, 그래야 잔치에 감초로 대접받는다. 홍어는 머리부터 말끝까지 버릴 것 없이 요리해 먹는다. 이순신 장군께서 '남의 애를 끓나니'라고 하셨듯이 '애'를 전용 요리로 만드는 판이다. 결혼과 제사, 상사는 물론 동호회에서 나들이 갈 때도 단골 메뉴로 등장하는 정도다. 이른바 '홍어 마니아'

그런데 경상도에서는 전라도 사람을 왜 홍어라고 빗댈까? 먹는 음식을 가지고... 비하하는 상황에서 왜 은유하는가? 유독 전라도 사람들은 경북 사람을 돔배기라고 왜 부르지 않는가? 반대로 비하할 상황을 알면서도 '돔배기'를 불러내지 않는 이유를 모르겠다.

아니다. 전라도 사람들은 돔배기 자체를 모른다. 전라도에서는 홍어 다음으로 그냥 상어고기를 올린다. 요즘 1능이 2표고 3송이라는 말이 생겼는데, 전라도에서 잔치 음식은 1홍어 2상어다. 돔배기를 다루는 것은 아니지만 그래도 상어는 같은 재료이고, 말리거나 쪄서 먹는 상이성(相異性) 뿐이다. 홍어를 쪄서 먹거나 탕을 끓이고 혹은 삭힌 재료 또 생홍어를 회로 먹는 차원과 같다. 홍어회는 광어회나 우럭회와는 달리 갖은 양념을 버무려 먹는 맛이 일품이다. 경상도 사람들이 홍어 맛을 제대로 아는지!

따져보면 '우리가 남이가?' 단어가 생겼으니 차이가 있다고 생각한다. 물론 그때부터 돔배기가 생겨난 것은 아니다. 오래전 폐쇄적일 가능성도 보인다. 지형적 그리고 지역적인 소통 부재라고 치부된다. 교통이 편리해진 요즈음에도 그렇다.

그 사람 이름은 잊었지만

뻐꾸기의 운명

뻐꾸기는 뻐꾹 뻐꾹하며 운다. 아니다. 뻐꾸기 뻐꾸기하며 운다고도 한다. 그런가? 삐비삐비 삐비삐비하고 울기도 한다. 그것도 아니다. 비비비비 비비비비 하기도 한다. 그런데 우는 것이 아니라며 웃는단다. 암컷과 수컷의 소리가 다른데 그런 사실도 모른다.

요즘 우는 5월이 다 가도록 듣지 못했다. 웬일인지 궁금하여 유심히 살펴보았다. 아직 무료 전세방을 구하지 못했나~

뻐꾸기는 탁란생 파렴치로 통하니, 대놓고 울지도 못하는 신세를 알았나보다. 사람이 새의 생리를 어찌 알겠느냐마는 얼핏 이해는 한다. 부모의 유전을 닮았으니 너와 나의 모습은 같은 운명이라고 믿어도 좋다.

뻐꾸기는 알을 한 배에 4개 까지 낳는데, 남의 둥지에 낳고 거저 얻어 키우는 유능한 권력자다. 그러나 한 둥지에 한 개의 알을 숨겨 낳는다. 둥지 주인이 눈치를 채서 내다 버릴 수 있기 때문에 섞여 위장을 하는 것이다. 이것이 뻐꾸기의 지혜다. 나머지는 다른 둥지에 분산시킨다. 생존전략이다.

위탁하는 뻐꾸기 알은 뱁새와 개개비 등 작은 무리에게 해당한다. 뻐꾸기가 볼 때 작은 새가 만만해서 선택했다. 이 것은 미래전략으로 보인다. 작은 새들도 동종의 공동작전으로 물리쳐 방어한다. 이것은 뻐꾸기의 치명적인 실수로 보인다.

뻐꾸기는 어려운 난관을 어떻게 헤쳐나갈지 고민하다가 꾀를 냈다. 그래서 유전자를 만들어 냈다. 알을 낳기 24시간 전부터 알 속에서 미리 성장하는 보존전략을 택했다. 부화하면 기다렸다는 듯 집 주인의 자녀를 밀어내고 독차지한다. 이것이 영구적 지혜로 전한다.

뱁새는 이것을 눈치 채려고 여기저기 들락날락 종종거리다 보니, 버릇이 굳어져서 다리가 짧고 총총 뛰는 뱁새가 되었다. 그 대신 제 자식이 아니면 곧 알아챈다. 이것은 감시조를 동원하는 레이더망이다. 그래서 뻐꾸기도 둥지 알의 색이 비슷한지 확인하고 탁란을 감행한다. 이것은 대안전략이다.

늦게 깨달은 뱁새는 이러다가 먹인 뻐꾸기에게 발등을 찍힐까 우려되어 바로 둥지를 떠난다. 내 자식 대신 남의 자식

길러 후손으로 만들 수는 없다며 전면 철수하는 전술이다. 그래서 갈수록 더 작게 낳았다. 작아도 강한 종을 보존하는 방안으로 위기 후에 기회를 포착했다. 소 잃고 담장 고치는 경험이다.

전장에서 살아가는 뱁새와 개개비가 불쌍하다. 제비는 왜 사람 처마에 둥지를 틀었을까? 이것은 멀리서 달려온 제비가 피곤하다며, 빼앗고 빼앗기지 않는 싸움을 회피하는 최선책이었다.

이것을 아는 것이 참교육이다.

탁란이 뻐꾸기뿐이겠나? 뻐꾸기 말벌, 뻐꾸기 메기, 두견이, 돌고기 등 아주 많다. 그런데도 왜 뻐꾸기만 지목할까? 그것은 사람과 같이 사는 새라서, 둥지 주인에게 미안하다 울어대니까 편리 위주로 낙인을 찍었다. 마귀사냥 하러 떠나는 사람이 문제다.

약속을 돌아볼 때쯤

교회에 다닌 지 오래 되었다. 유년 때는 기억이 없지만, 초등 때 내 발로 다니기로 했다. 중학교에 가면서 뜸해졌고, 군에 가서도 제대하고도 한동안 다니지 않았다. 사회생활을 하면서 안정을 찾자 다시 관심을 두고 나섰다. 버스로 가는데 한 시간 거리는 기본, 자동차로 한 시간 반이 넘는 교회를 찾아가는 열성도 있었다.

근래는 고향에 와서 다닐 교회를 물색하였고, 평범하게 나가기 시작하였다. 그러나 언제 어디서든 사람 일이 마음대로 되는 것도 아니고, 일탈하거나 탈선을 하기도 하는 인간이라서 변화무쌍한 삶을 느꼈다. 그래서 일로 상처를 받기도 하고, 화가 나면 상처를 주기도 한 여느 인생을 살았다.

교회 안에서도 가끔 우연한 일이 벌어지기도 하고, 어떤

면에서는 계획적으로 수행하는 일련의 진행 과정인 일도 있다. 내가 공언한 사례로 기억나는 것이 몇 번이나 있다. 그중 하나는, 만약 네가 지도자가 된다면 나는 그런 지도자를 모실 수가 없으니, 나는 교회를 떠나겠다고 말한 적이 있다. 지도자를 모실 교회에서 전부가 모인 곳은 아니지만 가까운 지인들이 모였을 때 공표한 내용이었다.

이런 일이 벌어지기 전에 마무리하면 좋겠다는 생각도 해 보았다. 내 말을 들은 교인 일부도 같은 생각을 가졌다고 실토하기도 했다. 그런데 그런 상황이 바짝 바짝 다가오니 서로의 상체기가 자꾸 부풀어 올랐다. 다수를 위해 소수가 희생되는 수단 밖에 묘수가 없었다. 정말로 그런 일이 벌어졌다. 내정된 차기 지도자가 사퇴하였다. 이유는 몸이 아파서 수용할 수 없다고 말했다. 다른 교인들도 모두 인정할 만한 사유로 포용하였다. 교회에서 벌어진 일이라니…

이번에 거론하는 내용은 더 심각했다. 지역이지만 대형교회라서 숫자가 많다. 그래서 흔한 집사는 시험이나 자격 검정 등의 절차를 거치지 않고 그냥 형식적으로 추대하였다. 장로는 교회법에 따라 교인들이 선출하는 과정을 거친다. 장로는 차후에 진위와 특혜로 휘둘리면 곤란하므로 보여주는 절차를 거친다.

나는 안수집사 명단에서 빠졌다. 다음 선출에서도 계속해서 나만 왜 제외시켰느냐고 물어보았다. 교회는 안수집사를 노리는 목적이 아닌데, 다 같이 공평한 대우를 주지 않느냐는 항의였다. 집행부에서는 미안하다며 다음에 추대하겠다고 말했으나 또 이루어지지 않았다. 재차 항의성 발언을 했고, 또 다음 기회에서도 지켜지지 않았다.

나는 이런 것이 불거지지 않도록 막았다. 만약 다시 거론된다면 내가 떠나겠다고, 교회가 많아 갈 걱정 없다고 말한 셈이다. 교회와 나의 관계는 잠잠해졌다.

그런데 몇 년 후, 추대해주겠으나 절차상 신청서를 제출하라는 요청이 왔다. 다수를 위해 소수가 떠날 때가 되었는가 싶다. 그것은 해결책이 아니다. 다수가 다수를 위한 최선책을 찾을 것이다.

통째로 빼앗아 먹기

내가 직장생활을 시작한 것이 벌써 40년 전이다. 신설 회사에 취업하였고, 점차 성장하는 성취감도 동반 상승하였다. 가보니 회사의 부지도 작고 사무실도 부족하였다.

입사할 당시 대략 35명 정도로 기억한다. 사무실에 20명가량, 나머지는 생산 현장과 기타 일반직에서 근무했다. 중금속 기계공업단지에서 개척과 신규 아이템을 확충하는 것이 주요인이었다.

다행스러운 것은 확실한 매출처가 지원하고 있어서 행복한 출발이었고, 미리 지급하는 선수금을 줄 정도의 신뢰로 이어 왔다. 나는 기계설계 분야에 목적을 두고 입사하였으나, 부지 구입과 건물 증축이 이어져서 일정 부분을 참여하였다.

첫 증축공사 업체는 마산의 한효를 지명하고 시작하였다. 회사에서도 처음이고 건설사도 처음 만나는 회사여서 생소했다. 기업 생리와 건설 생리에 대한 거리감이 있어서 상호 부담감이 있었다. 어쨌든 원만한 해결이 되었으나, 얼마 뒤 한효는 없어졌다.

그러다 기존보다 훨씬 큰 대규모 프로젝트를 위해 국내 도급 순위가 내로라하는 부산의 신동양을 끌어들였다. 한창 기분 좋게 출발하였지만 건설사가 도중하차 하였다. 어쩔 수 없이 인근 마산의 광신을 대타로 심었다. 곧 그 후 광신도 없어졌다.

건물이 완공되자 상승 기회를 얻었고 승승장구했다. 그래서 더 확장이 필요하다며 증축에 들었다. 이번에는 창원에서 견실한 자금주라는 백제를 찾아냈다. 조건 없이 하자 없이 끝났지만, 1년 이내에 백제도 사라졌다.

영호남의 가교로 생각하다 익산에 공장 신설을 거론하였다.

익산에 부지를 확보하고 신축공장 첫 삽을 떴다. 대륙토건사를 지명하고 무난히 넘겼다. 1년이 지나자 다시 증축이 필요하여 대륙토건에게 기득권을 부여하였다. 그러나 완공 후 또 1년이 지난 후 2차 증축에 참여시키려고 보니까 없어졌다. 그래서 전주의 건실한 중견기업 거성을 지목하였다. 거성은 2차 증축을 완공한 후 사라졌다.

안타까운 현실을 직시했던 나는 슬펐다. 왜 그럴까? 왜 이렇게 벌어질까? 의문에 의문이 번졌다.

그러던 중 회사의 별도사옥이 생겼다. 즐겁고 기쁜 일이다. 수암에서 기공식을 마치고 전 직원에게 셀프기념품을 지급할 정도의 규모로 컸다. 여수화학단지에서 대규모 화재가 발생하자 불연소화학제와 불연페인트 등 신형 규제가 등장하였다. 그러나 어려운 과제를 넘었다며 잠시 쉬다가, IMF를 맞았다.

전국적인 경영 환경에서 멈추면 죽는다는 올스톱에 부정할 수도 없는 상황이었으나, 발주자인 회사 상황이 허용된다면 멈추지 말고 바로 계속하자고 건의하였다. 우여곡절이 있어도 완공하였다. 그러나 수암도 더 이상 명함을 내밀지 못하고 사라졌다. 내가 보았던 슬픈 현실이었다.

과정에서 숱한 어려움과 명철한 순간 판단을 넘어야 할 과제로 여겨지기도 했다.

그때 다른 회사로 결정했더라면 좋았을까? 결정된 후라도 그때 솔로몬의 지혜로 넘겼으면 얼마나 좋았을까? 아니, 그때 왜 그런 회사를 결정하였을까? 라는 주제가 가장 큰 문제로 남고 있다.

기업의 수명은 30년이라는 통계도 있다. 그러나 50년 100년도 넘은 회사도 있다. 어떻게 살아났을까?

매출 1조 원 달성을 앞두고 한타임 쉬고 가려는 듯 주춤한 회사는 왜 그랬을까? 닥칠 위기를 넘는 기술을 연습해보려고 그랬을까?

아직도 초복입니까?

뜨거운 여름, 하지를 지나 세 번째 돌아오는 경일(庚日)을 초복이라고 했다. 유래를 따지지 말고 단어를 알고만 있어도 된다. 바쁜 세상에 살기 편하도록 달력이 미리 알려주기 때문이다. 올해는 7월 16일이 초복이었다.

초복은 어떤 음식을 어떻게 먹을 것인지가 떠오르는 단어다. 삼복 중에 가장 약한 더위이지만, 그래도 첫 더위라서 무척 덥다고 느껴지기는 한다. 결론적으로 초복은 어떤 음식을 선택할 것인지가 화제다.

예전에는 항상 보신탕을 먹는 계절적 음식으로 자리매김을 하였다. 나도 그런 습관으로 지나왔다. 보신탕은 몸을 보한다는 탕이다. 옛날의 보신탕은 키웠던 개를 음식화시키면서 발전해왔다. 현재는 보신탕을 먹지 말자고 아우성이 넘친다. 그런 음식은 불결하다면서 개를 이용한 음식은 음식화가 맞지 않다고도 주장한다.

나는 이런 주장이 절대로 맞지 않다고 본다. 보신탕은 몸을 보하는 것인데 왜 이리 반대를 하느냐는 말이다. 현재의 보신탕은 닭을 이용하는 삼계탕이 보신탕의 일부에 지나지 않다. 그러면 삼계탕은 되고 개 보신탕은 안 된다는 말인지 의문이다.

원래 개는 가정에서 쉽게 구할 수 있는 동물이며, 누구의 허락을 받지 않고도 필요한 때에 몸을 보신할 수 있어서 애용하는 음식이었다. 또 개 보신탕은 닭 보신탕보다 소화가 잘 되고 흡수력도 좋아서 몸에 활용성이 높아져 선호한 이유였다.

일부에서는 현재도 개고기가 병을 구완하는 음식으로 가장 적합하다는 말이 있다. 분명히 맞다. 그러면서도 반대할 용기가 없어서 그저 듣기만하고, 개고기가 몸에 좋다는 말도 대놓고 옹호하지도 못한다. 물론 개고기를 대체할 다른 식육이 없는 것은 아니다. 염소, 양, 자라, 붕어, 잉어, 소, 고양이, 닭, 꿩, 오리 등등 많고도 넘친다.

그러나 현재까지 알려진 개고기보다 나은 고기는 없다. 물론 개고기를 빼고 다른 고기를 먹어도 몸을 보하는 데는 전혀 지장이 없다. 왜 그럴까? 그것은 단순하다. 모든 사람들

이 먹고 살만해져서 고기를 적게 먹어도 살아남는다는 해석이다,

다른 나라에서는 전래의 보신탕을 혐오하지만 자기들은 우리가 혐오하는 음식을 먹으면서 우리만 탓한다. 맛보지 못한 보신탕을 안 먹어봐서 그럴 것이다.

보신탕이라는 단어도 우리나라가 자랑할 만한 음식이다. 수술을 하면 쇠해진다. 그때 회복을 바란다면 보신탕이 필요하다. 현재 개발된 개고기만한 음식이 없다는 말이다. 애견주들이 많다면 아예 초복을 없애자는 주장을 해보라고 권한다. 아니다, 오래된 우리나라 관습을 없애는 것은 역성(逆成)을 맞게 된다. 초복은 그대로 놔두고 보신탕이라는 단어도 놔두고, 간단한 아이디어를 제출한다. 개고기 대신 대체 고기를 활용하면 어떨까?

청어 과메기가 꽁치 과메기로 변한 것처럼…

세상만사 애경사

　세상에 사람이 많고 많다. 그러니 사는 동안 겪어야할 상황도 많고 많다. 정말 복잡하고 어려운 것이 바로 삶이라고 여긴다. 오늘 군 동기 중에 애사를 당한 사람이 있다. 군 동기가 한 명이었을까? 벌써 상을 당해 부고를 고지한 상태에서 겹 조상(弔喪)이 벌어진 상태였다.

　동기 약 300명 남짓이지만 수도권에서 모여 산다. 지역에 사는 나는 예외다. 아니면 별외다. 나는 애사를 알리지 않고 동기들의 애사를 알고도 모른척했다. 알고도 모른척하다니 정말 파렴치일까? 그것은 아니라고 본다. 이런 말이 세상만사요 애경사라는 말이다.

　내가 급여를 받을 적에는 회사에서 일했다. 공식 중견기업이어서 애경사를 무조건 챙겼다. 업무 직책이 관련되었고,

설립 초기에 입사하였고, 장기 근속자라서 사원들의 개인적 사정을 알다보니 앞장서 챙겼다.

말하자면 내가 낸 부조금이나 축의금을 받지 않은 사람이 있으면 손들어보라는 정도라고 여긴다. 물론 내 애경사에서 부조금이나 축의금도 그 정도로 받았을 것이다. 이것이 인지상정이요 상부상조라고 생각된다.

어떻게 하다 보니 현업에서 떠난 외톨이 생활도 했다. 전혀 다른 곳은 아니라 한 울타리 안에서 일하게 되어 내 마음이 편하고 다행이었다. 그래도 오랜 지인을 만나면 부탁 하나가 있었다. 직원들의 애경사는 반드시 나에게 알려달라는 말이었다. 경사는 혹시 그렇다 치더라도 특히 애사는 절대로 빼놓지 말라고 다짐하면서…

어느 날, 얼굴 본지가 오래된 사원을 만났다. 멀리서 보아도 걷는 힘이 없어보였고, 기력이 떨어져 시무룩한 표정이 역력해보였다. 그래서 나는 '젊은이가 왜 이리 힘이 없냐?'라고 물었다. 그는 피곤하다면서 얼버무렸다. 나는 '아무리 피곤하더라도 젊은이가 힘을 내라. 당당하고 패기 있는 사원이라고 보여주라' 하고 응원하였다.

지나치고 오랜 지인에게 물었더니 조모상을 당했단다. 그럼 나에게 알려줬어야지 왜 안 알렸냐고 따졌다. 지인은 다음부터는 알려주겠다고 약속했다.

1년 쯤 뒤, 그 사원을 만났다. 내 보기에는 정말 힘이 없었다. '왜 그렇게 힘이 없냐?' 물었더니, '출장이 많고 정말 피곤해서 그럽니다' 대답하였다. '그래도 네가 힘을 내야 돼, 누가 힘을 보태주겠느냐?' 강조하였다. 헤어지자 다른 지인에게 그 사원은 애로사항이 있는 것 같다고 귀띔을 주었다. 돌아온 말은 그 사원이 부친상을 당했단다.

아무리 참아도 화가 났다. 내가 신신당부했건만 그런 식언을 그 사람에게 또 연거푸 하였다니 정말 안타깝고 애처롭다. 애경사의 도리도 모르는 처사였다. 내가 몰상식한 무지랭이였던가? 나는 그렇다 치고, 내가 신신 당부한 오랜 지인은 깜빡 잊었다며 지금도 떳떳한 행세를 하다니…

그 사람 이름은 잊었지만

내가 아는 교회

　지금 거론하는 교회는, 가다가 만나는 교회 오다가 만나는 교회 중의 하나이다.

　있는 곳은 작은 도시의 변두리이고, 마당도 크지 않은 아담한 규모다. 말하자면 나무와 제법 어울리는 오래된 교회에 속한다는 뜻이다. 한적한 시골에 오래된 교회라면 그런대로 이름이 있는 교회일 것이다. 명판도 좋고 신도 수도 인구대비 그럭저럭 모이는 교회다. 한마디로는 평탄하게 알려진 교회로 통한다.

　개척 당시부터 신도들이 십시일반 갹출하여 지은 교회일 것이고, 그중에서 공이 많은 성도가 장로가 되는 것은 당연지사다. 이른바 장로교이기 때문에 누구나 선망하는 장로가 교회의 일거수일투족을 좌지우지하는 주무관이다. 그러나 공정하고 투명하게 처리하다가 오래 젖고 보면 전횡을 하고 만다. 내 마음에 들지 않으면 모든 일이 성에 차지 못한다며 반론에까지 이른다. 그런 사례이다.

장로는 목사와 언쟁을 하였고, 마음에 차지 못하자 목사를 대 놓고 선전포고를 하였다. 기한을 주고 반성하며 공개사과를 하지 못하면, 장로가 교회를 나가겠다는 말이다. 그러나 목사는 지금까지 잘못한 것이 없다며 버티자, 눈엣가시 장로가 교회를 나갔다.

목사는 신도가 적어서 직접 소형 버스를 운전했다. 시골은 교통상, 고령자뿐이니 모셔 다니는 것이 상례. 게다가 헌금액도 적어서 생계가 어려운 현실이다. 장로는 이것을 빌미로 삼아, 협박한 셈이다. 도시의 험악한 쟁투가 아니라 순박한 시골 교회의 말다툼 꺼리에도 못 미친 아이들 밥투정으로 보인다.

그런데 한두 달이 지나가 장로가 돌아왔다. 왈, 목사라는 놈이 왜 아직도 안 나가고 버티고 있느냐고 퍼부었다. 실상 그 장로는 벌써 정식 은퇴한 나이로, 교회에 간섭할 권한은 없다. 옛 공헌을 기득권으로 영구히 누리자는 욕심이다. 이러다 아들을 세습 장로로 삼을 속셈도 느낀다.

장로는 몰고 나갔다가 들어온 동일한 전력도 있다. 목사는 이 기회를 빌려 나갔다.

신도들이 울고불고 말렸지만, 목사는 이런 품격, 신망, 경력을 가졌으니 이 정도는 떳떳한 생계를 이어갈 수 있다며 공식 선언한 결론이었을 것이다. 목자가 없는 교회로 전락하다 보니 신도가 급감했다. 교계에 소문났고, 최소 정족수마저 무너졌다.

기회를 노린 장로가 직접 강단에 섰다. 그러자 반대파 신도들이 줄줄이 빠져나갔다. 말하자면 걷기조차 힘든 노인과 먼 교회를 싫어하는 신도만 남았다. 아니, 무조건 추종하는 자칭 현명한 패거리는 있다.

지금의 한국은 목회자가 계속 늘어나는데, 전체인구는 줄어든다. 선호 개신교 신도도 줄어든다. 도시에서도 개척교회는 새신자를 모시는 것이 힘들다. 더구나 시골에서는 따지나 마나다.

한참 공석 후 다른 목사가 왔다. 물어보지 않아서 모르겠지만, 경력을 쌓고 신망도 얻고 개척교회를 건너뛰는 일거삼득을 던졌을 것이다. 등용문을 두드리는 전초전으로.

내 생각대로만 되는 일은 아니다

　누구든지 하고 싶은 일이 있는가 하면 하고 싶지 않은 일도 있다. 어떤 목표를 정해놓고 매진하다 보면 예상치 못한 일이 벌어지기도 한다.

　예를 들면 서울에 가는 일이 있는데 비가 많이 내린다. 일기예보를 보아 준비를 하였는데, 우연히 태풍도 겹쳤다. 이 길을 가야 할까 멈춰야 할까 고민이 된다. 승용차를 타고 가도 되는지, 열차를 타고 가면 되는지, 고속버스를 타면 되는지 그것이 문제로 떠오른다.

　그러나 승용차를 타고 가기로 정했고, 지도를 보면서 도로 상황, 돌발 사고에 대한 예상 문제와 대비책도 마련하고 강행하였다. 가는 도중에 갑자기 비가 그쳤고 태풍도 진로를 바꿔서 돌아간단다. 내가 유비무환을 준비하였으나 그 보람도 없이 그저 무작정 직진해도 좋을 만하다.

이때 앞에 도로가 끊겨 통행이 절대로 불가하다는 통보가 떴다. 다시 돌아가면 끝인데, 그것으로 인하여 발생하는 파장이 크다. 약속된 시간에 늦게 도착한다면 신뢰가 깨질 것이고, 약속을 어겼다는 소문이 나서 더 큰 손해가 닥칠 것이다.

그런데, 도로가 끊겼으나 임시 우회도로를 마련하여 응급을 조치하였으니 얼마나 고마운 일인가. 그저 감사할 뿐이다.

미리 여유를 가지고 출발한 사람은 많은 업무가 없어서 그런 것이고, 빠듯한 사람은 항상 여유가 없는 사람이다. 일부는 나 외 다른 사람 즉 종업원과 타인까지도 챙겨야 하고 챙긴 뒤까지 책임지면서 마무리하는 사람이다.

다시 말하면 미리 예측하고 출발한다면 상대편에 있는 어느 부분을 포기해야 한다. 이것이 바로 사람의 일이라고 생각한다. 개인적인 일은 어떻게든 해도 좋지만, 이타적인 일은 함부로 하면 안 된다.

내가 자영업으로 생계를 유지해왔으나, 아직 계약 기간도 남았는데 거래처 갑에서 갑자기 거래 중단을 보내왔다. 항상 거래공정 거래공정 운운한 거래처가 거래공정법을 위반한 사항이다. 그에 상응하는 보상도 없이 끝냈다. 이것은 개인과 개인의 문제다.

그런데 종교 차원에서는 사람의 문제가 아니라 신에 대한 계획과 실행 과정에서 벌어지는 문제로 여긴다. 나는 부족하고 미약하지만 기독교인이다. 교회에서 어느 책을 내겠다고 나섰다. 나는 미물이라 관심을 두지 않았는데, 그 책에 대한 모든 책임을 맡으라는 말이 돌아왔다. 그것도 흩어진 원고를 모으면서 완성된 책을 인수하여 크리스마스에 배포하도록 24일 이라는 기한을 정해 주었다.

그때가 거래처 청산을 앞둔 3일 전이었다. 미리 마음의 준비를 하고 그 일이 끝나면 바로 몰입하라는 신의 계획이었다고 본다.

그 이유에 대한 해석은 있다. 어느 날 꿈에서 둥둥 떠다니다가 땅을 보니 내가 죽어 있었다. 깜짝 놀라서 매달렸다. 할 일이 남아서 지금 죽을 수는 없다고 항의한 것이었다. 개인적으로는 할 일이 엄청 많다. 초등학생에게 물어도 할 일이 너무 많다고 대답할 것이다. 놀기도 바쁘고, 늦잠 잘 일도 많고, 여행 갈 일도 많고, 사 먹을 일도 많고… 어른이라서 할 일이 없을까?

한참 울다가 굽어보니 죽은 내가 없어졌다. '알았다, 그럼 살려주겠다' 는 계시라고 생각된다. 그러고 나서 꿈을 깼다. 종교적으로 해석으로 따지는 개인의 문제다.

또 유사한 예도 있다. 7월 하순, 장거리 출타 중에 교회에서 만나자는 연락이 왔다. 나는 미물이라서 즉시 만나기는 싫어서 머뭇거렸고, 할 일이 남아있어서 응답을 미루고 미뤘다. 사이에 벌어진 일은 개인 책을 출판하는 과정에 놓여 있었다. 보낸 원고가 부족하다면서 긴급으로 늘리라는 독촉 서신이 온 후였다.

작자 입장에서는 다급하고 당황스러운 상황이다. 내용적으로도 분량적으로도 만족하지는 않지만 응급으로 마무리 했다. 그러자 8월 첫 주, 다시 만나자는 연락이 왔다. 만나고 보니 정말 급하고 중한 일이 기다리고 있었다.

교회 희년을 맞이하여 기념으로 책을 내자는 말이었다. 급한 일을 매듭짓자 즉시 나타나는 숨은 교회인가 보다. 이것도 종교적 차원에서는 계획된 일이 진행된다는 해석이다. 물론 확대해석을 보면 개인에게는 영광이요 축복이다. 기독교 종교인 전문가 저자는 당연하다고 생각할 수 있지만, 일반으로서는 엄청 크게 받은 특혜에 속한다.

옛말로 모든 사람은 작고 하찮은 일을 당해도 어느 귀신이든 도와주어야 할 수 있다는 말이 있다. 누구든지 언제 어디서든 혼자는 할 수 없다는 말이다. 정말 귀신을 믿으면 슬그머니 도와줄까? 지금까지 어떤 귀신이 나를 도와주었을까? 어차피 귀신을 믿을 것 같으면 아예 힘이 큰 귀신을 믿어야 좋지 않을까? 모든 귀신을 나무라거나 내치는 능력을 가진 분을 믿으면 되지 않을까! 정답(正答)이다.

개판에서 으르렁거리는 완력이 힘은 아니다. 교계 내에서 울렁거리는 뇌성(雷聲)도 흔들리는 티끌에 지나지 못하다. 역시 종교의 힘은 크다. 해답(解答)이다.

아침에 셋 먹을까 저녁에 셋 먹을까

아침에 셋 먹을까? 저녁에 셋 먹을까? 선택권을 줄테니 손들고 말하라는 문장을 줄여서 조삼모사(朝三暮四)라고 부른다. 먹여 줄 수량이 홀수로 한정되어 있어서 반으로 나눠 세 개 그리고 더하여 반씩을 줄 수도 없다. 주는 입장에서는 수량이 이미 정해져 있으나 저녁에 줄 분량을 우선 빼돌렸다가 다른 목적으로 활용할 묘수를 제안하는 것이다.

한국인은 아침에 셋을 먹으라면 그 수량도 감사하다며 군소리 없이 받아먹는다. 한국인의 기질이었다. 겸양과 겸손을 떠나 근면과 끈기, 열정으로 뭉쳐온 국민성이었다. 부농이 많은 농사를 지으려면 힘들고 고된 일 너무 벅차서, 머슴을 두고 일하면서도 고된 일을 강요하지도 않는다. 일을 해보아서 심정을 안다는 말이다.

내가 아는 지인 중에서도 아주 가까운 어느 친척이 중농을 천직으로 삼아 농사를 했다. 새벽에 일어나면 바로 논으로 가서 해가 져서 어두울 때까지 매달렸지만 혼자 모든 문제를 해결할 수는 없었다. 그래서 몇 명을 두고 같이 일을 해서 처리할 수 있었다.

그러니 논고랑에 같이 들어가서 풀매기를 하면 훨씬 쉽다. 한 번 허리를 굽히고 열심히 일하다가 저쪽 고랑 끝에 도착하면 허리를 펴는 하나의 공정이다. 해녀가 물속에 참았던 숨을 휘이유~ 하고 고개를 드는 것처럼 정해진 습관이라고 본다.

그러나 다른 일꾼은 그렇지 않았다. 가다가 허리를 펴면서 주위를 둘러본다거나, 허리를 편 김에 주위를 휘둘러보다가 주인의 눈치를 살핀다. 자주 허리를 펴면 혹시 눈치 먹을까 슬그머니 허리를 굽히고 일을 한다. 또 아무도 모르도록 조용히, 자주 눈치껏 허리를 편다. 이것이 일꾼과 주인의 차이다. 좋게 표현하면 일꾼과 삯꾼의 차이다.

주인공 친척은 항상 허리 펴지 않기 운동을 해왔다. 처음부터 한 고랑 끝까지. 그러고도 삯꾼을 나무라지도 않았고, 품삯을 깎지도 않았다. 그저 내 뒤를 따라 열심히 일해준 것에 고맙다는 뜻이었다. 다 알면서 모른 척 속아주면서.

그런 심성을 가졌기 때문에 88세를 넘은 현재까지 허리가 아파서 병원에 가본 적도 없다. 지금도 꼿꼿한 허리를 가지고 당당하다. 80살이 넘자 운전면허를 취득하면서 중소형 승용차를 구입하였다. 가진 것은 있으나 얼마나 살다가 죽을 것이냐고 작은 차를 택한 것이었다.

그런데 삯꾼은 왜 상일꾼처럼 묵묵히 일하지는 않았을까? 원조 한국인은 그렇지 않았었는데 왜 갑자기 변해버렸을까? 이것은 사람의 몸 상태와 마음가짐 형편에 따라 달라지겠지만, 무조건 참지 말고 우선 편한 방법을 찾아보자는 속셈을 굴렸다고 생각한다. 이것이 바로 단어 조삼모사의 병폐다.

조삼모사는 먹을 것을 주는 사람의 형편과 받아 먹을 사람의 형편에 따라 달라질 수밖에 없다. 그러나 조삼모사가 생겨난 유래에서는 다르다. 원숭이를 가르치거나 생리를 파악하려는 목적을 두고 실험한 결과라고 믿는다. 원숭이는 주인의 마음을 모르면서 우선 많이 먹고 보자는 말이니 원하는 단어는 조사모삼이 정답이며, 주는 주인의 마음은 가르친다는 조삼이 먼저이고 모사는 칭찬이라는 당근이었다. 주인의 당근책은 순수한 칭찬이 아니라 꼬임의 일종이었다. 실험 목적이 그렇다면 원조 사기다.

강점기 때에는 군림자가 우리 천진(天眞)한 삯꾼을 길들이기 시작했다. 회유와 어쩔 수 없다며 찬성하고 따르도록 유도하였다. 싫어도 그렇게 된다면 차라리 내가 앞장서서 찬성한다면서 점수를 따고 보자는 유인책을 썼다. 이른바 세뇌작업이었다.

나는 반항했다고 힘차게 웅변을 해보아도 점차 오랜 습관에 젖다 보면 나도 모르게 동요하고 만다. 온통 조사모삼이 차지한 현 실정이다. 누려온 호강을 내놓지 못하고 어정쩡한 상태로 안고 가는 길이 망국길이다.

국가적 원수를 언제까지 안아주어야 하는가! 알고도 반성하지 못하는 원수를 언제쯤 버려야 하는가! 풀뿌리 민초를 짓밟아놓고서 지금도 짓누르는 원수를 언제쯤 놓아 보내야 하는가!

그 끈을 부여잡고 매달리는 사람들은 물에 빠진 사람이 지푸라기라도 잡는 심정으로 고대하고 있다. 그 사람을 구해놓고 보니 잃어버린 보따리를 내놓으라는 주장 일색이다. 아직도 그 달콤을 잊고 싶지 않아서다. 바로 세뇌작전용 사탕발림도 우선 먹고 보자는 파렴치들! 공짜라면 일단 양잿물도 먹고 보자는 말도 있는데 아직까지 왜 먹지 않았는지 나는 모른다.

닫으면서

살다 보면 생활이 평탄치만은 않습니다. 누구든 말을 하고 싶었는데 덮고 돌아서면 지난 삶이 고달팠다며 회고합니다. 저에게는 책을 만드는 것이 산고라는 비유로 들려옵니다. 강한 진통과 긴 여진이 올 수도 있고, 예고된 경우에는 짧고 순한 진통으로 지나갈 수도 있습니다.

예고된 진통은 일거에 닥치는 삶이 아니라, 조금씩 누적되어서 서서히 드러나는 변화를 자연스럽게 받아들이는 생활입니다. 젊은이들이 급격한 변화를 만났어도 반항보다 공존 공생을 수용하기바랍니다. 내가 알아온 문화를 이방인처럼 여기지 말고, 이해를 바탕 위에 국가와 국민을 위해 물론 나를 포함하여 …

행정학박사 · 국회의원 **김수흥**

올해 장마는 많은 분들이 '평생 처음 겪는다'고 말씀하실 만큼 길고 길었습니다. 소중한 생명을 잃었고 많은 재산피해가 발생하는 등 우리나라 온 산하에 생채기를 남겼습니다.

상처가 덧나지 않으려면 빠른 치료가 필요하므로 수해 복구와 민생 안정을 위한 일들로 여념이 없는 가운데, 한호철 작가로부터 원고를 건네받았습니다. 짤막한 글들을 엮어놓은 모음집이었기에 바쁜 와중에도 틈틈이 읽어내려가기 수월하였습니다.

작가는 본인이 겪은 일을 생각하고 곱씹으며 지혜를 길어올리는데 탁월한 역량을 보여줍니다. 무심코 지나칠만한 일이거나 무의미하게 보이는 사건들도 작가의 시선에 들어오면 삶을 관통하는 철학적 사고로 변모하게 됩니다.

그래서 이 책을 읽는 독자들은 자신이 겪어온 일들에 대해 새로운 해석이 가능함에 놀라워할 것입니다. 마치 무미

건조한 빛깔이었던 생활에 생동감 있는 컬러가 입혀지는 느낌입니다. 생활 속에서 어렴풋이 느끼고 있었던 결핍을 메워줄 마지막 한 조각의 퍼즐이 맞춰지는 경험입니다.

이 책이 우리 생활 속에서 건져 올린 참된 지혜의 모음이란 점에서 정치도 마찬가지라는 생각을 했습니다. 국민이 안심하고 편안히 생활할 수 있도록 필요한 일들을 하는 것이 정치입니다. 그렇기에 국민의 실제 생활과 멀어져서는 결코 좋은 정치를 할 수 없을 것입니다. 가려운 곳을 긁어주고 상처를 꿰매주며 마음까지 편안할 수 있도록 국민의 생활 속에 정치가 존재해야 하는 이유입니다.

살아있는 지혜와 깊은 울림을 전해준 한호철 작가님께 경의를 표하며, 앞으로도 모든 독자들과의 '공존공생'을 목표로 참된 지혜를 공유해주실 것을 고대하겠습니다.

공학박사 · 실링거 대표이사 **박 여 삼**

책을 펴자 '마로니에'라는 단어가 단번에 나를 책 속으로 몰입시켰다.

"눈물 속에 봄비가 흘러내리듯

임자 잃은 술잔에 어리는 그 얼굴

아~ 청춘도 사랑도 다 마셔버렸네 ~~~"

우연치고는 대단한 우연인지 사이버 상에서 사용하는 내 아이디가 '마로니에'이다.

이메일 아이디도 'maronie61'이다. 그래서 단숨에 책을 읽어 나갔다. 가진 것은 없었지만 잠시나마 평온했던 시절로 되돌아갔다. 마로니에 나뭇잎이 7엽수란 새로운 사실도 알았고, 작가의 섬세함을 다시금 느낄 수 있는 쳅터였다.

나는 출장관계로 전국의 식당을 애용한다. 그동안 식당에서 5첩, 7첩, 9첩 상을 시키면서 반찬 수로만 생각했는데 그

것이 아니란다. 5첩 상이면 김치류, 젓갈류, 전, 나물, 장 등 5가지 종류의 반찬을 의미한다고 한다. 예를 들어 김치를 보면 백김치, 총각김치, 배추김치, 동치미김치 등 200여개 중에서 몇 개를 올려도 김치 한 첩으로 여긴다는 말이다.

0과 1을 주제로 삼은 컴퓨터를 배운 나는 이 책에서 우리나라의 한국을 배우고 있다. 어찌 나 혼자만 배울 뿐일까! 누구든지 간혹 소홀히 했던 분야를 넘어 두고두고 배울만한 한국인의 정서라고 생각한다.

책을 보면서 몇 번의 시공을 넘나들었다. 내용이 단편이라 관심부분만 골라 읽는 재미도 쏠쏠했다. 그러나 남은 부분도 빼놓지 않고 찾아 읽어볼 만한 가치를 담은 책이다.

지금도 「마로니에 공원 나무그늘」로 들어가 다시 책을 보는 중이다.

이렇게 평온함을 준 작가님께 감사드린다.

이리남중교회 위임목사 **박 춘 수**

올 해처럼 한꺼번에 많은 비가 오는 것을 본 적이 없습니다. 그런 날에 원고를 받았고, 글을 읽어 보았습니다. 하나만 가지고도 많은 생각을 하며 공감되는 주제들이었고, 또 많은 깨달음을 갖게 되는 소재들이 수 없이 담겨져 있습니다. 마치 한꺼번에 많은 비를 맞는 느낌이었습니다.

살기가 너무도 바쁘고, 코로나로 인해 불확실한 미래를 기다리는 사람들에게 삶에 대한 묵상은 쉬운 일이 아닐 것입니다. 그럼에도 불구하고 삶의 구석구석에서 일어나고, 일어났던 일들을 캐내어 생각하게 하는 글들을 읽다보니 지금이라도 그렇게 살아야겠다는 설교를 넘어 가치 있는 설교를 듣게 됩니다. 그래서 잃었던 삶의 가치들과 방향들을 다시 찾을 수 있었고, 그 동안 우리가 살아오면서 가졌던 문화를 간직하며 계승하는 방향이라고 생각됩니다.

글로만 쏟아내는 사람보다, 자기의 삶에서 만난 고민들이기에 생명이 느껴집니다. 그래서 삶의 땀내가 책장에서 묻어납니다. 우리 삶의 자리에서 길어내는 우물이기에 더욱 달고 시원한 것 같습니다.

특별히 교회의 이야기, 목회자의 이야기를 대하면서 위로도 되고 생각하게도 합니다. 저자가 사는 중소도시에서 목회자가 나 혼자가 아니고, 한국의 목회자가 각 도시마다 한 사람뿐이 아니라서 조심스럽게 전해봅니다.

작가께서 하고 싶은 이야기는 오늘 우리들이 꼭 들어야 할 이야기들이기에, 선뜻 토로하지 못하는 현실의 벽을 뛰어넘어 글로 담아주신 수고에 감사드립니다. 좋은 주제들로 다시 이야기 해주시기를 부탁과 함께 응원을 보냅니다.

법학박사 · 전) 전북대학교 총장 **서 거 석**

　필자는 회사원으로 근무하다가 퇴직한 후, 틈틈이 갈고 닦아온 글 솜씨를 여러 번 엮어낸 중견작가다. 이번에 내는 책의 내용을 보면 어린 시절 가족과의 추억을 더듬어냈다. 특히 아버지, 어머니를 위시하여 동생과의 여러 가지 추억을 반추하면서, 절절하게 부모님을 그리워하고 있다.

　고등학교 2학년 때, 원하지 않는 학교 성적표를 받고 어떻게 된 일이냐는 아버지의 말씀에, 대들었던 기억을 떠올리면서 스스로 불효자임을 느끼기도 했다.

　이미 고인이신 아버지와의 화해를 청하고 있는 작가다. 학교 실수로 인해 벌어진 성적표를 즉시 수정해서 아버지를 기쁘게 해드려야 되는데 그렇지 못한 점이 부끄럽고 한스럽다는 심정이었다. 또한 직장생활에서 동료, 상급자와 있었던 일화를 반추하면서 반성과 후회, 아쉬움을 표하면서 바람직한 인간관계에 대해 깊은 고민을 털어놓았다.

그런가하면 국경일을 비롯한 국가적인 대소사에 대해서도 필자의 소회를 담담하게 풀어놓고 있다. 뿐만 아니라 어린 시절 필자의 눈에 비친 6·25 전쟁의 상흔에 대해서도 언급하고 있다.

저자의 관심은 온 국민의 관심 분야에도 미친다. 그야말로 자유로운 영혼이 방방곡곡을 주유천하 하듯이, 생활 속의 소소한 문제부터 굵직하고 무거운 주제를 넘나들면서 거침없이 소견을 설파하고 있다.

국민 된 한 사람의 입장으로 국가를 사랑하는 국민들에게 일독을 권한다.

독서운동가 · 한국작은도서관협회 이사장 **정 기 원**

저자 한호철은 직장생활을 하면서도 1년에 150여권 독서를 소화해낸 독특한 이력가다. 지금은 퇴직한 후 『책사랑작은도서관』에서 '2020년 도서관상주작가 사업'에 참여하여 글을 쓰는 중견작가이다.

읽은 책마다 서평을 쓰고 블로그에 올리는 성실함과 열성을 느꼈다. 이 책을 읽다보니 저자의 의지와 사명감도 느껴졌고, 문장 하나와 단어 하나에도 함축된 사상이 절절 배어있다.

유명한 독자는 자기에게 필요한 책만 골라 읽는 편독에 빠지지만, 저자는 잡식독서를 일상화하는 독서연륜가다. 그래서 할 말이 많아서 참지 못하고 세상에 외치고 싶은 말을 글로 표현한 책이라고 믿는다.

나 역시 외치고 싶은 소리가 너무 많은데, 해내지 못한 참에 나를 대신하여 써준 책에 고맙고 감사하다.

저자와 함께한 「O₂독서」는 10년 지기다. 바쁜 일상 속에서 '1년에 52권 이상 읽기운동'과 독서동아리 2곳에 참여하면서 독서 노하우의 공여자다. 독서운동가 입장에서는 고맙기 그지없다. 평범한 일반인으로서 벌써 10권을 펴냈으며, 인생을 마감하기 전에 필요한 책을 10권 쓰겠다는 목표를 향해 격려와 박수를 보낸다.

한 호 철

전북 익산출신으로 본명은 한한철이다.

2004년 수필로 등단하였으며, 수필집에 『쉬운 일은 나도 할 줄 안다』(2003), 『그 때 우리가 본 것은』(2006), 『내가 시방 뭔 일을 한 겨』(2008), 『눈을 떠야 세상이 보인다』(2013)가 있다. 칼럼집으로 『블루코드』(2012. 공저)가 있으며, 역사와 문화에도 관심을 가져 5년 간 200여 차례의 현장답사와 자료 확인을 거친 후 『익산의 문화재를 찾아서』(2011)를 펴낸 바 있다. 지역 발전을 기대하는 『익산프로젝트』(2017), 『행복을 짓는 사랑』(2017)을 냈다.

또한 『선조들의 삶, 세시풍속이야기』(2016), 『선조들의 삶, 24절기 이야기』(2016)는 전국 각 지역의 해당 컬러 사진을 모아놓아 민속 문화를 보전하는 귀중한 자료가 되고 있다.

1년에 52권의 책을 읽는 'O₂독서' 모임의 독서마니아이다.

그 사람 이름은 잊었지만

초 판   인 쇄 | 2020년 9월 9일
초 판   발 행 | 2020년 9월 9일

지   은   이   한호철

책 임 편 집   윤수경

발   행   처   도서출판 지식과교양
등 록 번 호   제2010-19호
주   소   서울시 강북구 우이동108-13 힐파크103호
전   화   (02) 900-4520 (대표) / 편집부 (02) 996-0041
팩   스   (02) 996-0043
전 자 우 편   kncbook@hanmail.net

ISBN 978-89-6764-161-3 03810   정가 18,000원